Tucholsky   Wagner   Zola   Scott
Turgenev   Wallace   Fonatne Sydow   Freud   Schlegel
    Twain   Walther von der Vogelweide   Fouqué
                Weber   Freiligrath   Friedrich II. von Preußen
                                           Kant   Ernst   Frey
Fechner   Fichte Weiße Rose   von Fallersleben   Richthofen   Frommel
          Engels   Fielding   Hölderlin
Fehrs   Faber   Flaubert   Eichendorff   Tacitus   Dumas
                Maximilian I. von Habsburg Fock   Eliasberg   Zweig   Ebner Eschenbach
Feuerbach   Ewald   Eliot   Vergil
        Goethe   Elisabeth von Österreich   London
Mendelssohn Balzac   Shakespeare   Dostojewski   Ganghofer
        Trackl   Lichtenberg   Rathenau   Doyle   Gjellerup
                 Stevenson   Tolstoi   Hambruch
Mommsen   Thoma   Lenz   Hanrieder   Droste-Hülshoff
Dach   Verne   von Arnim   Hägele   Hauff   Humboldt
          Reuter   Rousseau Hagen   Gautier
   Karrillon   Garschin   Hauptmann
        Damaschke   Defoe   Hebbel   Baudelaire
                          Descartes   Hegel   Kussmaul   Herder
Wolfram von Eschenbach   Dickens   Schopenhauer
        Bronner   Darwin   Melville   Grimm Jerome   Rilke   George
        Campe   Horváth   Aristoteles   Bebel   Proust
Bismarck   Vigny   Voltaire   Federer   Herodot
        Storm   Casanova   Gengenbach   Barlach   Heine
                    Chamberlain Lessing   Tersteegen   Gilm   Grillparzer   Georgy
Brentano   Langbein   Gryphius
Strachwitz   Claudius   Schiller   Lafontaine
        Katharina II. von Rußland   Bellamy Schilling   Kralik Iffland Sokrates
                          Gerstäcker   Raabe   Gibbon   Tschechow
Löns   Hesse   Hoffmann   Gogol   Wilde   Vulpius
   Luther Heym   Hofmannsthal   Morgenstern Gleim
        Roth   Heyse   Klopstock   Klee Hölty   Goedicke
Luxemburg   La Roche   Puschkin Homer   Kleist
   Machiavelli   Horaz   Mörike   Musil
Navarra Aurel   Musset   Kierkegaard   Kraft   Kraus
   Nestroy Marie de France   Lamprecht Kind   Kirchhoff   Hugo   Moltke
        Nietzsche   Nansen   Laotse   Ipsen   Liebknecht
                    Marx   Lassalle   Gorki   Klett   Ringelnatz
   von Ossietzky   May   vom Stein   Lawrence   Leibniz   Irving
   Petalozzi   Platon   Knigge
        Sachs   Poe   Pückler   Michelangelo   Kock   Kafka
           de Sade Praetorius   Mistral   Liebermann   Korolenko
                                        Zetkin

Der Verlag tredition aus Hamburg veröffentlicht in der Reihe **TREDITION CLASSICS** Werke aus mehr als zwei Jahrtausenden. Diese waren zu einem Großteil vergriffen oder nur noch antiquarisch erhältlich.

Symbolfigur für **TREDITION CLASSICS** ist Johannes Gutenberg (1400 — 1468), der Erfinder des Buchdrucks mit Metalllettern und der Druckerpresse.

Mit der Buchreihe **TREDITION CLASSICS** verfolgt tredition das Ziel, tausende Klassiker der Weltliteratur verschiedener Sprachen wieder als gedruckte Bücher aufzulegen – und das weltweit!

Die Buchreihe dient zur Bewahrung der Literatur und Förderung der Kultur. Sie trägt so dazu bei, dass viele tausend Werke nicht in Vergessenheit geraten.

Toulets Heirat

Charles de Coster

Impressum

Autor: Charles de Coster
Übersetzung: Friedrich von Oppeln-Bronikowski
Umschlagkonzept: toepferschumann, Berlin

Verlag: tradition GmbH, Hamburg
ISBN: 978-3-8424-0425-0
Printed in Germany

Text der Originalausgabe

Charles de Coster

Toulets Heirat

1

Toulet zählte vierzig Jahre. Er war ein kräftiger Mann, nicht in der Blüte, aber in der vollen Reife der Jahre. Sein breites Gesicht hatte frische Farben und feste Züge; seine großen Augen hatten einen freien, gutmütigen Blick; darüber zogen sich dichte Brauen; sein breiter Mund hatte ein feines Lächeln. Die Frauen liebten ihn wegen seiner Kraft, seiner Gesundheit, seiner guten Laune und seines großen Wohlstandes.

Er war Gastwirt und hatte einen Ausschank von Branntwein, den man so schön »Lebenswasser« nennt, wie die Griechen ihre Parzen als »Eumeniden«, das heißt »Wohlgesinnte«, bezeichneten. Toulet war ganz Gutmütigkeit und Kraft, daher schwer zu erzürnen. Packte ihn aber der Zorn, so tat man gut, das Weite zu suchen. Einmal warf er zwei freche Wandrer hintereinander aus den Fenstern im Erdgeschoß seines Gasthofs. Seitdem ward er von Adligen wie Bürgerlichen geachtet. Toulet war rechtlich, nachsichtig gegen jedermann und treu wie ungemünztes Gold.

Sein Gasthof, viel besucht von Jägern und Fuhrleuten, stand rechts abseits von der Straße, auf der die Pilger von Sankt Hubertus noch heute nach Andenne ziehen. Gegenüber ragten die Felsen, auf denen die drei Kanonen stehen, die mit lautem Schall ihr Willkommen rufen. Die Lage war schön. Gegenüber die Poesie der Berge mit ihrem üppigen Baumwuchs, saftstrotzend im März, lichtgrün im Lenz, mit reichem, buntem Laubschmuck im Sommer und Herbst, grau und schwarz gesprenkelt im Winter und hier und da weiß verschneit. Über sich den weiten Himmel, an dem die Raben, Weihen und Sperber fliegen. Rechts die abfallende Landstraße mit ihren Läden, ihren Auslagen von Tuch und bedruckter Leinwand.

Das Haus selbst war einladend und von kräftiger Bauart. Das spitzbogige Tor führte in einen Vorraum und von da in den Hof mit dem Stalle. Auf dem Dunghaufen glucksten und schnatterten die Hühner und Enten, und ein stolzer Pfau schlug auf der Dachrinne sein Rad, zeigte seine häßlichen Füße und trompetete schrill. Dummstolze Truthähne und blöde Gänse vervollständigten das ländliche Bild. Man sah, all dies Geflügel war nur da, um gegessen zu werden.

Das wußten auch die Gäste, wenn sie ihre Pferde in den Stall führten, und mehr noch, wenn sie die Köchin erblickten, die, den einen Zipfel der Schürze unter das Schürzenband gesteckt, um flinker zu laufen, mit einem Messer hinter dem unglücklichen Federvieh herlief, das alsbald zum Suppenhuhn werden sollte.

Toulets Fleischbrühen oder vielmehr seine Ragouts waren im ganzen Lande berühmt. Es war unglaublich, was alles an Fleisch und Gemüsen hineingetan wurde. Gegessen wurden sie in einer geräumigen Garküche, in deren Herd stets ein starkes Holzfeuer lohte. Der lange Tisch war immer gedeckt, und darüber hingen die Schinken und Würste von der niedrigen Decke herab und warteten, bis die Reihe an sie kam. Wurden sie dann herabgenommen, so begoß man sie mit Wein von Lüttich und Huy, ja selbst mit Löwener Wein nach Burgunderart. Freilich ist's lange her, daß diese Geschichte sich zutrug.

2

Zu jener Zeit lebten in Andenne ehelich verbunden Mignolet und sein Weib Begge. Mignolet war so zierlich wie sein Name. Er hatte blaue Augen, blondes Haar, ein rosiges, rundes Gesiebt, einen kleinen Mund, schmale Schultern, ein rundliches Bäuchlein, kurze Beinchen, kleine Hände und Füße, die ohne ersichtlichen Grund stets in Bewegung waren.

Er war sehr zuvorkommend, grüßte jedermann, wollte jedem gefällig sein, war die Sanftmut selbst, weinte, wenn eine Fliege in der Suppe ertrank, war eitel wie ein Pfau und sah seinen Ruhm darin, für den besten Menschen zu gelten. Das war er auch wirklich, aber aus Angst. Er liebte nichts als Ruhe und Behagen, fette Fleischgerichte und milde Weine. Er tat, als liebte er Begge, in Wahrheit aber hatte er mehr Angst vor ihr als ein Köter vor dem Bergwolf.

Sein Weib, Begge Cauchin, war hochgewachsen und von üppiger Jugend. Sie hatte große, harte blaue Augen, eine breite Nase mit großen Flügeln und scharfer Spitze, aber dünne Lippen. Ihre Stimme klang bisweilen tief und rauh wie eine Männerstimme und verriet Zornmütigkeit, wilde Tatkraft und heftige Leidenschaften. In der ersten Zeit ihrer Ehe liebte Begge ihren Mann, wie sie einen schönen Apfel geliebt hätte. Sie erschreckte ihn oft durch die Heftigkeit ihrer Liebkosungen. Später, als er hinfälliger wurde, sah sie in ihm ein schwaches, nichtiges Wesen. Anfangs reizte er sie, dann flößte er ihr Haß ein. Eines Nachts, als er sich bei kommen ließ, sie zu wecken, während sie schlafen wollte, warf sie ihn aus dem Bette. Er zog sich stillschweigend an und ging in den Garten, um zu weinen. War es kalt, so zog sie alle Decken an sich und ließ Mignolet nur ein Zipfelchen übrig, um seinen schlotternden Leib zu bedecken. Schließlich hatte er es satt, zu niesen und zu husten, und begehrte ein Bett für sich. Begge wünschte nichts weiter. Nun, wo er allein im warmen Nest lag, glaubte er, er könnte wenigstens ruhig schlafen, aber das war eine falsche Hoffnung. Wenn er unschuldig schnarchte, ehe sein Weib schlief, stand sie auf, zupfte ihn heftig am Ohr, riß ihm die Decke weg und weckte ihn auf; dann gebot sie ihm, leiser zu schlafen.

Nun beschloß der Ärmste, sich tot zu stellen, und verkroch sich unter seiner Bettdecke, damit sie ihn nicht mehr atmen hörte. Manchmal blieb er aus Angst wach. Dann spitzte er das Ohr, lauschte, ob sie noch nicht schliefe, und hörte, wie sie sich lange im Bett hin- und herwarf. Endlich sagten ihm ihre stärkeren, kräftigeren Atemzüge, daß der wohltätige Schlaf ihn von seiner Tyrannin befreit hatte. Nun wagte er ein Auge zu schließen, dann das zweite, und er schlief gleichfalls ein. Sein leises, ganz sachtes, schwermütiges Prusten, von zaghaften, kläglichen Seufzern unterbrochen, verriet, daß auch er für ein paar Stunden dem Leiden entrückt war.

Am Morgen hustete Begge sehr stark. Bei diesem Signal fuhr Mignolet aus dem Schlaf auf, sprang aus dem Bette und lief in die Küche, Winters wie Sommers, um die Morgensuppe zu kochen.

Begge, die sehr feinschmeckerisch war, bereitete die anderen Mahlzeiten selbst. Bei Tisch goß sie sich zuerst ein und nahm sich die besten Stücke. Kurz, sie wurde so zänkisch und quälerisch, zu jeder Zeit und zu allen Stunden, daß der schmächtige Mignolet sich hätte sagen müssen, sie wünschte ihn unter die Erde, um einen Andern zu freien. Dieser Andre war der reiche Witwer Toulet.

3

Indessen starb Begges Bruder, Honoré Cauchin, der Waldhüter des Abts von Floreffe. Er hinterließ nichts als ein Frankenstück, etliche Sachen und seine Tochter Johanna. Als er sein Ende nahen fühlte, ließ er durch den Bader der Abtei einen Brief an seine Schwester Begge schreiben, worin er sie bat, seine Tochter zu sich zu nehmen. Aber Begge schlug es ab, unter dem Vorwand, sie könne ein junges Mädchen nicht unter einem Dache mit ihrem noch jungen Manne haben. Sie schickte Johanna also mit ein paar Groschen zu ihrem zweiten Bruder Nikolaus, der »Hundetöter« in der Gemeinde Andenne war. So hießen die Leute, die während der Hundstage die herumstreifenden Hunde totschlagen mußten.

Nikolaus war lang, hager und knochig und von der Hochsommersonne gebräunt. Denn er mußte oft in Andenne herumstreifen, mit dem Spieße in der Hand und großen Ledergamaschen an den Beinen, der Hunde wegen, die oft in Scharen nach der Stadt gelaufen kamen, von dem leckeren Dufte der Fleischabfälle gelockt, die auf den Gassen verfaulten.

Nikolaus hatte ein gutes Herz und nahm seine Nichte Johanna freundlich auf. Sie war bescheiden, gefällig und sanft, anspruchslos im Essen und brauchte nichts als Liebe. Die fand sie bei Begges Bruder.

Indessen nahm Johanna an Gesundheit und Schönheit zu. An Stelle von Nikolaus holte sie die Suppe in der Abtei von Andenne; denn damals gaben die Stiftsdamen, die im Überfluß lebten, etwas von ihrem Zuviel an die Armen ab. Johanna war dort gern gesehen wegen ihres sanften Redens und Lächelns, ihrer schönen blauen Augen und ihres freundlichen Wesens.

Aber nicht nur die Stiftsdamen mochten sie gern. Auch die Bürgerfrauen schenkten ihr Bänder und alte wollene Röcke, die sie sich für ihren schlanken Körper zurechtschnitt. Sie schenkten ihr auch Eier, Früchte, sogar Wild, das sie fröhlich zu Nikolaus brachte. Und er freute sich insgeheim über das Wildpret, das er im Hause hatte, ohne im Wald seines Herrn gewildert zu haben.

Gingen beide zusammen aus, so rief man sie überall zu sich. Bisweilen hielt die Weinhändlerfrau sie sogar mit einer Flasche Wein frei. Aber Johanna richtete es stets so ein, daß Nikolaus fast die ganze Flasche austrank; er hätte es nötiger als sie, sagte sie. Und Nikolaus verließ das gastliche Haus etwas schwankend und schwor, er wollte ein reicher Mann werden, sich ein Steinhaus bauen und mit Johanna täglich Wein trinken.

»He, alter Kolas,« rief ihm der Nachbar Schuster zu, wenn er heimkehrte, »man hat dir wohl wieder zu Ehren der Kleinen die Kehle gespült!«

»Hehe!« lallte Nikolaus siegestrunken und lächelte stumm.

Aber in der heißen Zeit des Juli und August, wenn die Hundstagsglut wütete, hatte es Nikolaus weniger gut, denn er mußte ja mit seinem Spieß alle Hunde umbringen, die ohne Halsband und Herrn herumliefen. Das tat ihm im Herzen weh. Er sagte sogar, viele Hunde hätten ihn im Sterben so angeblickt, als wären sie Menschen, und ihre Blicke hätten gesagt: »Warum tust du uns Böses, da wir dir nichts antun?«

Oft prügelte er sie, um sie zu verscheuchen. Die aber, die ihm Trotz boten und ihm in die Hosen bissen, brachte er ohne Erbarmen um und verkaufte ihr Fell, um Jagdhandschuhe für die Edelleute daraus zu machen.

So lebte er und versah sein hartes Handwerk mit Milde. Brauchten sie Holz, um ihr bescheidenes Mahl zu kochen, so ging Johanna in den Wald, den die Straße nach Sankt Hubertus durchzieht. Da fand sie übergenug, und oft sahen die Leute von Andenne sie mit einem dicken Reisigbündel auf ihren schwachen Schultern heimkehren. Keiner nahm Anstoß daran, denn jedermann wußte, daß die Waldhüter ihr gern mehr gegeben hätten, wenn sie es gewagt hätten. Johanna bezahlte sie mit einem Lächeln, einem Dankeswort, und damit war alles erledigt.

Des Sonntags aßen Onkel und Nichte gern ihre eigene Küche. Dann fühlten sie sich frei und hatten niemand anderes nötig; sie kochten sich Bohnen mit einem Stück Fleisch und tranken dazu klares Wasser.

Und Cauchin sagte:»Wir sind Könige daheim, nicht wahr, Johanna? Denn wir haben das selber bezahlt.«

Und das Fleisch und die Bohnen machten sie stolz bis zum nächsten Tage. Dann mußte sie wieder, um den Stiftsdamen nicht zu mißfallen, vor der Klosterpforte demütig auf den Löffel Suppe warten.

Bald fühlten sie sich glücklich, bald, wenn sie ihre Armut verspürten, nahmen sie die Zeit, wie sie war, freuten sich über die fetten Tage und grollten den mageren nicht. Sie waren ebenso zufrieden mit einem Stückchen Fleisch und einem Feuerchen wie die edlen Stiftsdamen mit einem gebratenen Pfau, der eine Traube von Ammern im Schnabel hielt. Johanna und Cauchin beneideten sie um ihren Reichtum nicht; die vornehmen Damen schienen ihnen so hoch über ihnen zu stehen, wie der Himmel über der Erde ist. Dies bescheidene Glück im Schoß ihrer Hütte währte noch zwei Jahre; dann aber fand der, welcher alles sieht, daß es wohl genug war, und schickte Siechtum und Tod, die nacheinander an Cauchins Tür anpochten. Als er sich auf sein letztes Strohlager legte, sprach er zu Johanna:»Ich stürbe zufrieden, denn meine Seele gehört Gott und mein Leib der Erde, wenn ich nur wüßte, daß du dich nie nach der schlichten Hütte deines Ohms zurücksehnen wirst. Wir waren beide glücklich, Kleine, wir liebten einander und zankten uns nur zum Scherz. Wohin gehst du, wenn ich nicht mehr bin?«

»Ach, Ohm, gehe noch nicht fort,« sprach Johanna.

»Ich muß es,« entgegnete er.»Ich harre des Todes, der auf seinem schwarzen Karren daherkommt. Seine Sichel blinkt. Geh und rufe den Herrn Pfarrer.«

Der Pfarrer kam und tat seine Pflicht. Cauchin sagte, nun fühle er sich gestärkt für die große Reise.»Aber,« wiederholte er zu Johanna,»wohin gehst du, wenn ich nicht mehr bin?«

»Ach,« versetzte sie,»ich gehe zu Tante Begge.«

»Sie ist streng und gefallsüchtig,« entgegnete er,»suche ihr in allem dienstbar zu sein, wenn du es vermagst.«

Dann warf er sich mehrmals auf seinem Strohsack herum, riß die Augen weit auf, wie ein Mensch, der sich fürchtet, und streckte die Hände weit vor, wie um den Tod abzuwehren. Dann streckte er sich auf den Rücken und atmete nicht mehr. Gott hatte ihn zu sich genommen. Johanna hatte noch nie einen Toten gesehen. Sie war verstört und erschrak, da sie ihn so starr und so kalt sah. Sie wußte, daß alles zu Ende war, daß sie nie mehr seine schmeichelnde Stimme vernehmen würde, die von Hustenanfällen gebrochen war. Aber sie begriff nicht, warum Gott Menschen wie Cauchin schuf, um sie ohne Grund wieder zu vernichten.

4

In schwarzem Trauerkleid folgte Tante Begge mit den Frauen von Andenne der Leiche des alten Cauchin bis zum Grabe. Johanna schritt neben ihr, gleichfalls im Trauerkleid, zu dem ihr die Stiftsdamen Stoff geschenkt hatten. Eine Nachbarin Schneiderin, die das Mädchen gern mochte, hatte ihr ein Kleid daraus zugeschnitten, aber mit starkem Umschlag am Rocksaum und mit Einschlag an Ärmeln und Mieder, denn sie sagte, daß Johanna noch größer und breiter werden würde.

Als der Trauerzug vom Kirchhof zurückkam, nahm Begge Johanna beiseite und sagte zu ihr:

»Nichte, du wirst nach Hause gehen, dein Bündel schnüren und alles zusammenpacken, was in Cauchins Hütte noch übrig ist. Dann wirst du zu uns ziehen, sonst würde man sagen, ich sei nicht gut. Ich habe etwas Vermögen von meinem Manne; wenn du bei uns bist, brauchst du nicht mehr auf den Straßen zu betteln wie eine Dirne; du wirst zu Hause bleiben, mir dienen und das Haus reinhalten; damit wirst du dein Brot verdienen.«

Johanna war verblüfft und betrübt über diesen drohenden Ton, wo sie doch nichts Böses getan hatte, als um Cauchin zu weinen. Sie schluchzte und dachte an ihn, dessen sanfte Stimme sie nie mehr hören würde.

»Tante,« antwortete sie, »fahre mich doch nicht so an.«

»Du bist sehr verzogen,« entgegnete Begge. »Tu, was ich dir sagte, und flenne mir nichts mehr vor.«

Johanna gehorchte und ging nach Hause. Unterwegs verbarg sie ihr Gesicht in den Händen, um immerfort zu weinen.

Als sie auf der Landstraße bis in die Nähe der Hütte gekommen war, hatte sie Lust, in den Wald zu laufen und vor ihrer Tante zu fliehen.

Sie sagte es Toulet, ihrem Nachbarn, der auf seiner Türschwelle stand und Luft schöpfte. Er gab ihr einen Klaps auf die Backe und sagte:

»Gehorche, weine nicht mehr, du bist ein braves Kind. Die Sache wird besser ausgehen, als du glaubst.«

Als Johanna Cauchins Hütte verließ, stand er noch da.

»Nur zu,« sagte er, »lauf schnell, damit du keine Schelte kriegst. Das will ich nicht.«

»Seltsam,« dachte Johanna auf dem Wege zur Tante Begge, »seine Stimme ist fast ebenso gütig wie die des armen Nikolas.«

5

Johanna war fünfzehneinhalb Jahre, als sie zu Begge kam. Gauchin hatte sie in ihrem jugendlichen Frohsinn, ihrer Unbändigkeit aufwachsen lassen und hatte ihr nur gelehrt: nie zu lügen, nicht auf alle Fragen zu antworten, sich vor schlechter Gesellschaft zu hüten, denen, die noch ärmer als sie waren, zu helfen, und jedermann in Gott zu lieben.

Davon abgesehen, tat sie alles, was sie wollte, und lernte nicht mal lesen. Aber sie war geschickt in aller Frauenarbeit, im Nähen, Sticken, Kochen und Backen. An freies Leben und Selbständigkeit gewöhnt, war sie freien und stolzen Sinnes geworden, der sich aber nie in scharfen Worten und Vorwürfen äußerte. Fiel es einmal einem Burschen ein, ihr ein grobes, gemeines oder rohes Wort zu sagen, so war ihre einzige Antwort ein erstaunter oder empörter Blick. Sie vergab alles, aber sie vergaß nichts. Der Schmerz, den sie bei einem Unrecht empfand, verging nicht mehr, wie die Narbe einer tiefen Wunde, die stets wieder aufbrechen kann.

Das war der einzige Fehler dieser zarten Seele, aber niemand hatte darunter zu leiden als sie. Die gewohnte Armut, ihre Selbstlosigkeit, das Gefühl ihrer Niedrigkeit und eine seltsame Scham vor

Zornesausbrüchen hielten jede Empfindung nieder, die zu ihrer Vorstellung von der Würde eines Mädchens nicht paßte.

Als sie das Haus ihrer Tante betrat, hatte sie nur das Gefühl des Widerwillens und der Furcht. Ein Frösteln sagte ihr, daß es kalt sei in dem geräumigen Haus mit den hohen, weiten Zimmern und den mächtigen Kaminen, die stets ohne Feuer waren, außer dem in der Küche.

Es war an einem heißen Julitag um zwei Uhr nachmittags, aber selbst von dem Garten, der an das Haus stieß, wehrten hohe Mauern den Sonnenschein ab.

Sie hörte, wie Begge sie aus der Küche rief. Auch da war es kalt und traurig, denn selbst im Winter brannte hier nur ein Kochfeuer. Johanna blieb in der Tür stehen.

»Komm herein, Nichte, komm herein,« gebot Begge mit grimmiger Stimme,»ich fresse dich nicht auf.«

Das arme Mädchen war dessen nicht sicher. Sie hielt Begge die Stirn hin, und diese drückte einen so harten Kuß darauf, daß Johanna die Berührung wie ein Reibeisen empfand und sich die Stirn abwischte, sobald sie sich unbeobachtet wußte.

»Geh jetzt und sage dem Ohm guten Tag.«

Mignolet blickte seine Frau von der Seite an, wie um nach ihrer Erlaubnis zu fragen. Begge nickte mit dem Kopf, und so wagte er, Johanna einen Kuß zu geben. Er liebte Johanna wegen ihrer Sanftmut, aber der Schwächling war nur dann freundlich zu ihr, wenn sie beide allein waren; in Begges Gegenwart schalt er sie und behandelte sie schlecht.

Begge hielt sich für schön und in allem, was Denken betraf, für maßgebend. Und so verachtete sie Mignolet, der, seit er alt wurde, zum lächelnden Affen herabsank und mit allem fürlieb nahm. Begge hätte ihn unter die Erde gewünscht und tat ihr Möglichstes dazu. Sie quälte und ärgerte ihn, wo sie konnte, fing am Tage Streit mit ihm an, weckte ihn des Nachts mit Püffen und riß ihm seine Decke fort, wenn es fror. Kurz, der Ärmste beschloß eines Tages in einem Winkel sein Dasein, ohne zu klagen.

6

Noch war ihr Opfer nicht kalt, da überlegte Begge bereits, wie sie Toulet gewinnen wollte. Übrigens sagte sie sich seit langem, daß sie von ihm lieber geschlagen als von einem andern geliebkost sein wollte. Wie alle Frauen, suchte sie ihren Herrn.

Johanna war inzwischen gewachsen und wurde zum schönsten Mädchen in Andenne. Begge war eifersüchtig auf sie. Wenn Johanna spann, so verwirrte Begge absichtlich den Hanf, um sie zu ärgern und ihr Ungeschick zu schelten; dann schaute das Mädchen zu seinem Quälgeist mit seinen schönen blauen Augen empor, deren Augäpfel in feuchtem Perlmutterglanz schimmerten. Tante Begge blickte sie einen Augenblick an, und es juckte ihr in den Nägeln, diese schönen Augen auszureißen und sie den Hunden vorzuwerfen. »Dann,« sagte sie sich, »sähe man sie nicht mehr an als mich.«

Sie hätte dies frische Antlitz zerkratzen, zerfetzen mögen, und vor allem dies lange Haar abschneiden, das bisweilen aufging und Johannas Gestalt in krausen Wellen umfloß.

Das Mädchen litt unter ihr, wie der Tote gelitten hatte, aber da sie jünger und stärker war, starb sie nicht daran; sie ward bei diesem grausamen Spiel nur leidend und schwermütig. Tante Begge hatte dieses offene und reine Gemüt verdorben. Da sie sie bei jeder Gelegenheit schalt, ohne andern Grund als ihre wilde Eifersucht, mochte nun Johanna etwas recht oder falsch machen, so verlor diese den Sinn für das Rechte und wurde zur scheuen Sklavin. Aber als Sklavin wurde Johanna heimtückisch und träumte des Nachts von Rache an Begge. Sie erwachte, kalt vor Schrecken, weil sie im Traume nach der Sichel gegriffen hatte, mit der sie einst Holz im Walde geschnitten, um Begge damit zu erschlagen.

Sie saß auf dem Bettrand in ihrem Dachkämmerchen, das im Winter eiskalt, im Sommer glühend heiß war, und weinte heiße Tränen in dem Gedanken, daß sie einen Menschen, selbst Begge, hatte töten wollen. Dann war sie voll Kummer und fragte sich, was sie der bösen Frau wohl getan hätte, daß sie so gegen sie wütete. Sie begriff es nicht und weinte noch mehr. Bisher wußte sie nicht, was Haß war, aber nun fühlte sie ihn in sich aufkeimen und ihr Herz mit allen Gedanken der Empörung erfüllen.

Eines Tages beschimpfte Begge sie gröblich.

»Warum bist du so lange oben geblieben, als ich dich rief?«

»Aber Tante, ich wusch mich doch.«

»Was brauchst du dich so lange zu waschen und zu kämmen? Du hast wohl ein Stelldichein, wenn du aus dem Hause gehst? Du bist eine Dirne.«

»Ich,« wiederholte das Mädchen, zugleich schamrot und bleich vor Wut werdend, »ich ein liederliches Weibsbild?« Sie trat auf Begge zu und blickte sie mit blauen Augen an, die vor Zorn fast schwarz wurden. Begge wich zurück. Sie sah, wie Johanna nach dem stumpfen Messer griff, mit dem die Rüben geschält wurden. Als sie sah, daß es stumpf war, ließ sie es liegen. Das währte eine Sekunde. Dann drehte sich Johanna, ohne zu wissen, was sie tat, mit drohendem Blick um, lief in die Küche, riß die Straßentür auf und stürzte hinaus. Sie rannte wie toll; unwillkürlich ging sie zu Toulet.

Oft, wenn Begge sie schlecht behandelte, hatte sie sich gesagt, Toulet würde sie nicht so behandeln. Er hatte wenigstens ein freundliches Gesicht und sagte ihr gute Worte. An ihn dachte sie stets wie an einen Beschützer, einen guten Engel, der sie eines Tages befreien würde. Wann und wie, das wußte sie nicht, aber, daß er es tun würde, schien ihr gewiß.

Toulet war gerade in seiner Garküche und ließ ein Spanferkel am Spieße braten. Die Garküche war im Kellergeschoß. Johanna betrat dies Heiligtum mit fliegenden Haaren und außer Atem; sie fiel mehr in einen Stuhl, als daß sie sich setzte, und brach in Schluchzen aus. Der Biedermann vernahm nur die Worte: »Oh, Herr Toulet, Herr Toulet, wenn Sie wüßten!«

Toulet kannte nur zwei Heilmittel für innere Schmerzen: ein Glas alten Wein und gute Worte.

»Warte, mein Kind,« sagte er, »warte, du sollst mir das gleich erzählen.«

Damit ging er in den Keller und kehrte bald mit einer Flasche altem Tavel zurück, einem heißen, herben Wein von der Farbe des Bieres. Er goß ein Glas davon ein.

»Trink, Kleine,« sagte er, »das wird dir gut tun.«

Johanna strich sich die Haare, die ihr wie eine blonde Mähne über die Augen fielen, zurück, um zu trinken, und lächelte in ihren Tränen, als sie die freundlichen Worte vernahm. Nach Wein begierig, wie alle, die nur Wasser trinken, griff sie zum Glase, setzte es schüchtern an, trank dann kecker und war ganz erstaunt, wie ihr großes Glas und ihr großer Harm kleiner wurden.

»Noch eins?« fragte Toulet.

Johanna wollte Nein sagen, aber sie hatte ihr Glas wider Willen hingereicht. Sie trank es etwas rascher aus als das erste, dann setzte sie es auf einen Holzklotz, auf dem Wurstfleisch gehackt wurde, und stellte es sogar verkehrt hin, zum Zeichen, daß sie nicht mehr trinken wollte

Sie fand es behaglich und warm in dieser Küche und wäre gern zeitlebens dageblieben bei Toulet, der so gut zu ihr war.

»Und nun,« sagte er, »erzähle mir deine Geschichte.«

Johanna gehorchte, aber während sie erzählte, erregte sie sich bei der Erinnerung an den erlittenen Schimpf von neuem, und sie ward abwechselnd rot und blaß. Bei dem Schimpfwort, das Begge ihr ins Gesicht geschleudert hatte, machte sie dieselbe Bewegung wie in der Küche, und diesmal griff sie zu einem Hackmesser, das auf dem Holzklotz lag.

»Mutiges Mädchen!« rief Toulet begeistert. »Komm, laß dich küssen.«

Johanna reichte ihm frei ihre Wange hin, als wäre er ihr Vater.

»Und ich,« sagte Toulet, »soll ich nichts kriegen?«

»Doch, doch, Herr Toulet,« sagte Johanna. Und sie gab ihm einen Kuß, ohne Scham und Ziererei.

»Potztausend,« dachte Toulet ganz laut, »das wäre eine prächtige Frau, um meiner Witwerschaft ein Ende zu machen.«

Johanna stand vor ihm in der Blüte ihrer achtzehn Jahre. Ihr dünnes Kleid ließ ihre herrlichen, keuschen Formen erraten. Sie blickte Toulet verblüfft an.

»Wärst du dann nicht glücklicher?« fragte er

Johanna erblaßte und senkte den Kopf. Ihr Herz klopfte. Sie gab keine Antwort.

»Du könntest,« fuhr Toulet fort, »nicht nur gut essen und trinken, sondern du würdest verhätschelt wie ein hübsches Mädchen, das du bist, und eine ehrbare Frau, die du sein wirst.«

Johanna entgegnete:»Wenn Sie es wollen, Herr Toulet, ich will es auch.«

Da küßte er sie von neuem, leidenschaftlich. Das schamhafte Kind wies ihn sanft zurück.

»Du weißt, ich bin vierzig Jahre,« fuhr er fort, wie von plötzlicher Sorge ergriffen.»Hast du mich auch recht angeschaut?«

»Ja,« sagte Johanna,»Sie sind gut und für mich schön genug.«

Diese Einschränkung verletzte Toulet ein wenig, denn er hatte mehr erwartet. Aber alles in allem und reiflich bedacht, schätzte er sich glücklich, daß das schöne Mädchen ihm etwas Freundliches hatte sagen wollen.

»Nun,« sagte er zu ihr,»wirst du verständig sein und zunächst zu Begge zurückkehren. Sie wird einen zu großen Schreck gekriegt haben, um nicht zahm zu sein; antworte ihr nicht mehr, wenn sie noch schilt. Wenn sie dich fragt, wohin du gegangen bist, antworte ihr, du wärest in deiner Angst drauflos gelaufen und auf der Land-straße nach Sankt Hubertus geendet. Aber sage nicht, daß du bei mir warst.«

Johanna unterbrach ihn:»Ich habe gelernt, alles zu sehen und nichts zu sagen.«

»In ein paar Tagen,« fuhr Toulet fort,»gehe ich zu Begge. Ich werde oft wiederkommen; es werden im Haus unter deinen Augen sogar merkwürdige Dinge geschehen: gräme dich nicht darüber. Was ich auch tue, sei gewiß, ich gebe nur einmal mein Wort.«

Er reichte ihr die Hand und sie drückte sie.

»Es paßt mir gerade,« fuhr Toulet fort,»Begge dafür zu strafen, daß sie Mignolet langsam zu Tode gequält und versucht hat, auch dich auf den Kirchhof zu bringen. Dies bösartige Affenweib, dem noch keiner die Zähne gezeigt hat, soll von mir eine harte Lektion kriegen. Du wirst mir behilflich sein, indem du stillschweigst; bedenke, daß ich Schwätzerinnen nicht mag!«

»Ja, ja, ich werde schweigen!« rief Johanna und erschrak beim harten Klang dieser Männerstimme, die sie noch nie so gehört hatte.

»Rasch, noch einen Kuß,« sagte er. »Rechne auf mich und tu, wie ich dir sagte.«

Sie trennten sich, er glücklich, sie voller Bangen, was der gute Toulet, der doch so boshaft sein konnte, wohl vorhatte, um die schreckliche Begge zu strafen.

7

Als Johanna zurückgekehrt war und den Türklopfer hob, ließ sie ihn nur mit Bangen fallen; all ihr Mut war verflogen. Es dauerte lange, bis geöffnet wurde, aber Begge erschien nicht selbst, sondern eine Aufwärterin öffnete und erklärte Johanna mit der wichtigen Miene, die Dienstboten so gern annehmen, wenn sie dürfen:

»Kommen Sie rein, kommen Sie rein, Sie werden von Ihrer Tante was kriegen.«

Johanna trat in das Eßzimmer, in dem nie gegessen wurde. Begge saß und nähte in einer tiefen Fensternische, deren kleine Butzenscheiben von oben herab ein trübes Licht einließen, das von den hohen Mauern der Nachbarhäuser gebrochen war. Sie tat, als hörte sie Johanna nicht, die beim Eintreten sagte:

»Guten Tag, Tante, da bin ich.«

Begge antwortete nicht und nähte weiter.

Johanna wiederholte: »Da bin ich, Tante.«

Das gleiche Schweigen.

Johanna fragte nochmals: »Hast du mich nicht gehört, Tante?«

Begge verharrte in eigensinnigem Schweigen und nähte voller Wut. Da verließ Johanna ärgerlich das Eßzimmer und ging in ihr Kämmerchen. Begge ließ es geschehen.

Als sie beinahe oben angelangt war und sich schon gelobte, nicht zum Essen zu kommen, hörte sie die Stimme der Aufwärterin, die

ihr zurief:»Fräulein, Ihre Tante läßt Ihnen sagen, Sie sollen runter-
kommen und das Haus reinmachen.«

Sie ging wieder hinunter und an der Aufwärterin vorbei, die sich
als Trägerin der häuslichen Gewalt groß fühlte. Johanna blickte sie
an. Sie hatte ein seltsames Gesicht. Die graue Haut sah aus, als ob
Erbsen und Bohnen hineingedrückt waren. Sie hatte einen bösen
und häßlichen Ausdruck. Ihre Augen waren von unbestimmter
Farbe und flackerten trüb zwischen den wimperlosen Lidern; auch
die Brauen waren verschwunden.

Begge beschäftigte dies Weib wegen seiner Häßlichkeit und auch
wegen des Klatsches, den sie aus den Häusern mitbrachte, wo man
sie aus Mitleid beschäftigte. Wie gern sah sie diesen Mund sich
öffnen in einem Gesicht, dessen graue Haut wie von Würmern ge-
furcht war gleich weichem Ton! Mit unendlichem Behagen hörte sie
die Bosheit und Verleumdung durch die vier schwarzen Zahn-
stümpfe pfeifen, die das Bettelweib noch besaß. Sie lachte aus vol-
lem Herzen, wenn sie ihre Mitmenschen mit diesen Zahnstümpfen
zerfetzte und dabei ihr bläuliches Zahnfleisch fletschte, das sie noch
abstoßender machte. Es war ein schmutziges Scheusal; Begge be-
neidete es nur um seine Bosheit.

Johanna wollte die dunkle, gewundene Treppe, die zur Küche
hinabführte, herabspringen. Sie sah den Wassereimer nicht, der auf
den Stufen stand, stieß dagegen und schlug mit aller Gewalt hin.

Im Erdgeschoß hörte sie ein doppeltes höhnisches Lachen. Als sie
aufstand, fühlte sie, daß ihre Stirne naß war, es war Blut. Sie hatte
eine breite Wunde und war ganz durchnäßt von dem umgegosse-
nen Eimer. Begge tat, als käme sie bei dem Lärm herbeigelaufen,
und rief:

»Was wird denn da wieder im Hause zerschlagen?«

»Ich,« antwortete Johanna entschlossen,»man wollte mich umbringen.« Und sie stieg die Treppe wieder hinauf.

Als die beiden Weiber das Blut sahen, erschraken sie. Johanna
ging in ihre Kammer, ohne daß man ihr etwas zu sagen wagte. Als
sie allein war, hatte sie heftige Schmerzen; die kalte Luft drang in
ihre Wunde. Sie wusch sie aus und verband sie, so gut sie konnte. In
ihrer Entrüstung hatte sie nur einen Gedanken: wenn Toulet das

nächstemal käme, wollte sie ihm alles sagen, und er würde seinen Plan dann um so eher zur Ausführung bringen.

Als sie diesem Gedanken nachhing, ging die Tür auf und Begge trat ein. Sie trug einen großen Napf Suppe und Weißbrot.

»Du wirst hoffentlich nicht daran sterben,« sagte sie,»denn du bist ja auf den Beinen. Aber wenn du Herrn Toulet siehst, sage ihm nichts davon, was die alte Vettel getan hat. Ich habe sie fortgejagt. Du bist gefallen, und damit gut. Er braucht nichts weiter zu wissen.«

»Ich werde tun, was ich muß,« sagte Johanna.

»Da, iß diese Suppe und dies Weißbrot, zum Zeichen, daß du mir nicht böse bist.«

Johanna lächelte, als sie sah, daß sie Begge mit der Angst vor Toulet im Zaume hielt.

»Willst du ein gutes Glas Wein, so bringe ich's dir,« sagte Begge noch.

»Danke,« entgegnete Johanna,»ich werde Wasser trinken, wie stets.«

»Morgen,« sagte Begge, als sie die Kammer verließ,»wird es wieder gut sein. Aber du kannst in deiner Kammer bleiben, wenn du Schmerzen hast.«

»Nicht nötig,« sagte Johanna und dachte an Toulets nächsten Besuch.

Am nächsten Tage ging sie hinunter und suchte das Scheuerzeug; sie fand alles am Platz, Begge hatte es hingebracht. Dann merkte sie, daß die Aufwärterin nichts im Hause getan hatte, als zwei Mundtücher und ein Tischtuch zu stehlen.

Sie ging hinauf, um Begge diesen Diebstahl anzuzeigen. Die sprang auf und rief:»Die Diebin hat sie gewiß unter ihrem Rock versteckt, ich werde sie beim Richter anzeigen, er wird sie zwingen, mir meine Wäsche wiederzugeben, und ich werde zusehen, wie sie ausgepeitscht wird.«

Die Wäsche kam zurück, aber die Zeichen waren herausgeschnitten, und Begge ging zusehen, wie die Diebin ausgepeitscht wurde.

Am nächsten Tage hatte Johanna ihre Kammer noch nicht verlassen. Sie hatte beschlossen, nicht herunterzugehen, bis sie Toulets Stimme vernahm. Um elf Uhr vormittags dröhnte ein wuchtiger Hammerschlag an die Haustür. Begge, die im Eßzimmer nähte, fuhr erschreckt auf und stach sich in den Finger. Johanna öffnete ihr Fenster, und als sie sich herausneigte, erkannte sie Toulet.

Begge zauderte, die Tür zu öffnen. Schließlich blickte sie durch das Schiebefenster, und als sie den erkannte, der solchen Lärm an ihrer Tür gemacht hatte, fiel sie vor Freude fast hintenüber. Johanna stand schon am Fuße der Treppe, bevor Begge Toulet erkannt hatte, und diese hatte nur noch so viel Zeit, ihrer Nichte zu sagen: »Geh in deine Kammer!«

Aber das schlaue Mädchen tat, als hörte sie es nicht, und blieb. Über so viel Dreistigkeit verblüfft, wagte Begge ihren Befehl in Gegenwart Toulets nicht zu wiederholen, und das erste, was dieser beim Betreten des Eßzimmers sah, war Johannas noch blutende Stirn.

»Wer hat dich denn so zugerichtet?« rief er aus.

»Ein boshaftes Weib,« antwortete Johanna, »hat einen Wassereimer auf die Küchentreppe gesetzt, damit ich darüber fiele.«

»Wer ist dies nichtsnutzige Weib?« fragte Toulet ergrimmt und vor Zorn bebend.

Begge antwortete hastig: »Eine Aufwärterin, Marie, die Pockennarbige.«

Toulet blickte Johanna fragend an, und diese zuckte unmerklich die Achseln. Da witterte er irgendeine häusliche Niedertracht, und da er Johannas wegen vorsichtig sein wollte, sagte er mit gleichgültiger Stimme:

»Kleine, tu Malvenblätter drauf und eine Leinenbinde drüber. Ich schicke dir das Nötige zu.«

»Danke sehr, Herr Toulet,« sagte Johanna überschwenglich.

Begge raste im stillen, daß ihr Herzensfreund sich um die Verletzungen dieser »Dirne« sorgte, aber sie ließ sich nichts anmerken und sagte:

»Ihr könnt Euch nicht denken, wie leid es mir tat, als ich meine Nichte fallen hörte. Ich habe die Pockennarbige auch gleich an die Luft gesetzt.«

»Ich rieche den Braten schon,« sagte sich der Herzensfreund.

Begge fuhr fort:

»Aber treten Sie doch ein, Herr Toulet, treten Sie doch ein. Johanna, geh in den Keller und hol' uns Burgunder, eine Flasche hinter dem Reisig.«

»Ich kenne den Keller nicht,« versetzte Johanna, »und dann habe ich zu arge Schmerzen, wenn ich mit meiner Wunde ins Kalte gehe.«

»Deine Wunde!« rief Begge, »eine kleine Schmarre! Willst du vielleicht die Prinzessin spielen?«

Aber sie sah Toulet an, der ihr einen erstaunten Blick zuwarf. »Ich werde selbst gehen,« sagte sie sanfter.

»Sie brächte dich um, wenn sie's wagte,« flüsterte Toulet Johanna zu, als Begge hinaus war. »Sie hat wohl den Eimer auf die Treppe gestellt?«

»Sie und die Pockennarbige,« versetzte Johanna.

Toulet ergriff ihre Hand und flüsterte weiter: »Was ich auch tue, denke daran, daß es nur ein Possen ist.«

»Ja, Herr Toulet,« nickte Johanna.

»Was habt ihr beiden denn da zu tuscheln?« fragte Begge mißtrauisch, als sie mit der Flasche zurückkam.

»Etwas, das Euch viel Spaß machen wird,« entgegnete Toulet mit zärtlicher Stimme, »aber ich habe Johanna verboten, Euch etwas davon zu sagen.«

Johanna warf Toulet einen vorwurfsvollen Blick zu.

»Geht doch, Begge, und seht nach,« setzte er hinzu, »was ich im Vorflur gelassen habe.«

Toulet benutzte den Augenblick, um den Finger auf den Mund zu legen. Johanna machte ein Zeichen, daß sie ihn verstanden hatte. Kaum war Begge hinaus, so kam sie schon wieder mit einer prachtvollen Geflügelpastete, die sie bereits aus dem Netz herausgenommen und ausgewickelt hatte. Sie strömte einen feinen, lieblichen Duft aus, der Johanna noch nie in die Nase gestiegen war. Er gemahnte sie schier an den Waldesduft und den Geruch mancher Pilze, aber er war noch viel schöner.

Begge riß gierig die Augen auf und starrte die Pastete wie ein Sperber an, der auf eine Taube niederstoßen will.

»Bringt Teller und drei Gedecke,« sagte Toulet.

Begge stand abermals auf und holte sie aus den Schränken. Es waren Steingutteller, auf deren weißem Grunde Distelfinken, Rotkehlchen und scharlachrote Blumen prangten. Die Pastete wurde auf einen größeren Teller gelegt. Toulet löste den Deckel ab und behandelte die Pastete mit offenbarem Respekt, denn er nahm das Schweineschmalz mit großer Vorsicht ab, dann zerlegte er die Kruste in drei Teile. Die beiden Frauen folgten seinem Tun mit aufmerksamen Blicken. Nach und nach sahen sie aus der Kruste eine junge Pute hervorkommen. Der Duft wurde immer stärker. Schließlich öffnete Toulet vorsichtig den Bauch des Geflügels. Dann sagte er triumphierend, indem er auf jeden Teller zwei Ammern legte:»Kosten Sie das, meine Damen, und schneiden Sie die Vögel mitten durch.«

»Mein Gott,« sagte Johanna,»was ist denn das Schwarze da drin?«

»Das ist ein Fürstenschmaus,« erklärte Toulet;»ein Bratkoch aus dem Herzogtum Parma hat es mir gesandt. Man nennt das Trüffeln.«

»Es ist, als ob man in einen Pilz bisse,« sagte Johanna.»Aber warum nennt man das Trüffeln?«

»Weil,« sagte Toulet mit drolligem Ernst,»dies schwarze Zeug beim Ansehen jedermann betrügt,[1] denn es taugt mehr als es scheint, nicht wahr, Begge?« setzte er hinzu.

»Sagen Sie *mir* das?« fragte Begge beleidigt.

---

[1] Unübersetzbares Wortspiel mit truffes (Trüffeln) und dem alten Zeitwort trupher (zum besten haben). – D. Übers.

»O nein,« versetzte Toulet.»Man weiß doch, daß Ihr gut wie Weißbrot seid. Ich meinte mich selber.«

»Sie? Aber Sie sind doch auch gut, und Ihre anderen Eigenschaften sind gleichfalls bekannt.«

Toulet antwortete, Begge gab heraus, und ohne sich um Johanna zu kümmern, sagten sie einander so viele schöne Dinge, daß darüber drei Flaschen getrunken wurden. Zwar vergaß Toulet nicht, Johanna von Zeit zu Zeit einzuschenken, aber darauf beschränkten sich seine Aufmerksamkeiten gegen sie.

Das schnürte dem armen Mädchen das Herz zusammen. Sie aß und trank nicht mehr. Plötzlich sagte Toulet:

»Glaubt Ihr, Begge, ich täte gut, lange Witwer zu bleiben?«

»Gewiß nicht.«

»Ich weiß aber nicht recht, wer den alten Toulet noch möchte.«

»Ich weiß es wohl,« entgegnete Begge.»Außerdem seid Ihr nicht alt.«

»Man glaubt es aber.«

»Wer denn?«

»Alle.«

»Das stimmt sicher nicht.«

»Welche Frau soll ich nehmen? Sie müßte Sinn für Ordnung haben, ein gutes Herz, und gerecht sein, um nicht alle Mägde zu schelten.«

Bei diesen Worten blickte er Begge bewundernd an.

»Diese Eigenschaften sind nötig,« sagte sie mit Nachdruck.

»Kennt Ihr sie?« fragte er.

»Ich? Wer ist's? Ich?«

»Wenn der Hund einen Markknochen hat, knackt er ihn auf, lutscht ihn aus und schweigt.«

»Warum wollt Ihr's mir nicht sagen?« fragte Begge mit zärtlichem Tonfall.

»Ihr wißt es,« sagte Toulet und faßte sie um die Hüften. »Geht und holt Wein.«

Begge ging hinaus und holte die vierte Flasche. Ihr Gang war schwer.

Als Toulet sie im Keller wußte, steckte er Johanna eine Trüffel in den Mund. »Iß doch,« sagte er. »Du weißt doch, daß du meine Frau wirst.« Er küßte sie; ihre Augen füllten sich mit Tränen.

Schweren Schritts kam Begge die Kellertreppe herauf.

»Sie hat ihr Teil,« sagte er zu Johanna, »aber du hast ja gar nichts getrunken, schlechtes Mädchen.«

»Na, Begge,« sagte er, als sie wieder erschien, »Ihr werdet mir Bescheid tun, was?«

Begge gehorchte, aber beim zweiten Glas fielen ihr die Augen zu, trotzdem sie sich krampfhaft bemühte, sie offen zu halten. Schließlich schlief sie ganz ein und ließ ihre Arme steif zu beiden Seiten des Stuhles herabhängen.

Toulet und Johanna benutzten ihren Schlaf, um von ihrer Zukunft zu reden. Aber da Toulet Johanna nichts Schlechtes beibringen wollte, gab er ihr einen väterlichen Kuß und ging fort. Sie geleitete ihn bis zur Tür. Begge schlief noch immer. Als die Tür ins Schloß fiel, fuhr sie auf und suchte verstörten Blicks überall nach ihrem künftigen Gatten.

»Er ist auf und davon,« sagte Johanna.

Begge versuchte zu begreifen, aber umsonst. Johanna zog sie aus und legte sie wie ein Kind zu Bette.

Am folgenden Tage erschien Toulet nicht, aber er kündigte sein Kommen auf den übernächsten Tag an.

8

Der Bräutigam kam zu früh, so daß Begge ihn nicht empfangen konnte. Sie war noch dabei, sich als umworbene Witwe auszustaffieren. Einige Minuten später kam sie herunter, geputzt wie eine Säbelscheide, mit glänzenden Haaren, lebhaften Farben und all ihrem Schmuck behängt.

»Donnerwetter!« rief Toulet, »Ihr seid schön wie die heilige Jungfrau bei einer Prozession.

Tante Begge setzte sich, artig den Kopf wiegend, und breitete ihren englischen Tuchrock aus.

»Mein Kleid ist nicht von Seide,« sprach sie, »denn ich bin keine Edelfrau.«

Toulet entgegnete salbungsvoll: »Ach, Begge, Ihr seid auch so schon zu gut für mich.« Dann seufzte er und sprach: »Ich möchte, daß der Hochzeitstag schon da wäre. Aber er kann nicht im Mai sein, denn Maienhochzeit bringt Unglück.«

»Wann wird er denn sein?« forschte Begge.

»Am ersten Mittwoch im Juni.« »Soll ich dies Kleid anziehen?«

»Das ist kein Brautkleid,« sagte er.

»Ich werde mir also ein anderes machen, denn Ihr wollt mich ja heiraten.«

Toulet lächelte und gab ihr einen leichten Klaps auf die Wange. Begge war entzückt und holte aus dem Keller zwei Flaschen erlesenen Weins, den sie selbst nie zu trinken wagte.

»Keine Sorge, Johanna,« sagte Toulet und gab ihr einen langen Kuß auf die Stirn.

»Die Böse,« schmollte sie.

Sie hörten sie mit den Flaschen im Keller hantieren; schließlich kam sie zurück.

»Das ist was Feines,« sagte sie und setzte die Flaschen auf den Tisch. Dann goß sie Toulet ein großes Glas ein.

»Trinken wir,« sprach sie, »auf unser Glück!«

»Trinken wir,« sprach Toulet.

Johanna, der er wie aus Zerstreutheit auch eingeschenkt hatte, stieß traurig mit ihm an und sagte: »Ich trinke auf Ihr Wohl, Herr Toulet!«

»Warum nicht auf unser beider Wohl, kleines herzloses Ding?« rief Begge. »Geziemt sich's für ein Rotznäschen wie dich, auf das

Wohl eines Mannes zu trinken? Willst du Herrn Toulet etwa schöne Augen machen?«

Johanna zuckte die Achseln und schwieg.

»La la, beruhigt Euch, Schöne,« begütigte Toulet. »Wenn die Kleine sagte: Ich trinke auf Ihr Wohl, so meinte sie: Ich trinke auf jedermanns Wohl. Nicht wahr, Johanna?«

»Nein,« entgegnete diese.

»Pfui,« machte Begge, »wie unverschämt! Man sieht, sie will nichts von mir wissen.«

»Seid Ihr boshaft?« fragte Toulet.

»Ich?« rief sie. »Lieber Gott! Johanna kann das Gegenteil bezeugen. Nicht wahr, Johanna, ich bin gutherzig?«

Johanna schwieg.

»Nun, nun,« sagte Toulet, »lassen wir das. Es war ja nur Spaß, was ich sagte. Aber,« fuhr er plötzlich fort, »wenn Ihr zum Hochzeitstag ein schönes Kleid habt, meine ich, Ihr müßtet Johanna wenigstens ein neues Kleid machen lassen.«

»Sie wird das Haus hüten.«

»Das gäbe Gerede in ganz Andenne. Die bösen Zungen behaupten schon jetzt, Ihr liebtet Eure Nichte nicht.«

»Ha, Toulet! Die Leute wissen nicht, was sie sagen!«

»Ihr seht also, Johanna muß ein Kleid haben, und um Euch die Ausgabe zu sparen, werde ich es ihr schenken.«

Begge riß wütend die Augen auf und sagte kein Wort.

Plötzlich sprach Toulet zu Johanna:

»Steh auf, Kleine, ich will dir Maß nehmen.«

Johanna gehorchte und Toulet zog aus seiner Gürteltasche ein langes Band, aber Begge sprang rasch auf und trat zwischen ihn und Johanna. »Das werde ich tun,« sagte sie, »es gehört sich so.«

»Nein,« entgegnete Toulet mit harter Stimme.

Begge schwieg, denn sie spürte den Groll ihres zukünftigen Herrn, wie sie glaubte. Indessen nahm Toulet behende Johannas Maß: ihre schlanke Taille, die sich schon wölbende Brust und die Rocklänge. Des Festkleides wegen legte er ein paar Ellen hinzu.

»Eure Hände zittern, Meister Toulet,« sprach Begge. »Ihr kommt nie zum Ende.«

»Schon fertig,« sprach Toulet und setzte sich mit leuchtenden Augen. Johanna lächelte.

9

Die Zeit verging rasch und Begge hatte nur noch eine Woche zu warten. Die Tage folgten einander, schon kam der 8. Juni, am 9. sollte die Hochzeit sein. Bisweilen war sie toll vor Freude, bisweilen auch finster und boshaft und blickte Johanna starr an. Sie hätte ihr mit einem scharfen Dolche das Herz durchbohren mögen, denn sie fühlte, daß sie ihr Unglück bringen werde.

Johanna zitterte nicht mehr, sie fühlte sich sicher in Toulets Schutz.

Mit boshafter Freude sagte Begge zu Johanna:

»Schau, dein Kleid ist noch nicht da, der Schneider hat es gewiß noch nicht fertig! Vielleicht hat sich Toulet auch wie ich gesagt, es paßte sich nicht, daß du zu der Hochzeit gehst.«

Am Abend rief sie voller Freude:»Sie wird ihr Kleid nicht bekommen!«

Johanna glaubte es und sagte sich, Toulet hätte sie sicher zum besten gehabt. Da bat sie Gott um Vergebung für ihre Hoffart und daß sie geglaubt hätte, ihr elendes Leben würde ein Ende nehmen.

Am Hochzeitstage bei Morgengrauen, als Begge aufstand, fand sie Johanna schon auf; sie war bleich und ärmlich gekleidet. Begge sagte zu ihr:»Sei nicht eifersüchtig. Du wirst auch heiraten, aber den Glockenläuter oder einen Ziegenhirten aus den Bergen.«

Johanna weinte.

Um sieben Uhr morgens war ein Gewitter in der Luft und ein starker Regen ging nieder. Um acht Uhr hörte er auf. Um neun Uhr schien die Sonne hell und man vernahm lautes Stimmengetöse.

Es war der Hochzeitszug, der die ganze Hauptstraße erfüllte. Da kamen zuvörderst die Bogenschützen mit der Sankt-Georgs-Fahne, dann die Bruderschaft von Sankt Hubertus mit ihren gekoppelten Hunden und ihren Bannern, dann ein Wagen mit Pferden, die mit Zweigen und Blumen bedeckt waren, und schließlich in einem vergoldeten Karren Toulet, der einen mannshohen Holzkasten trug. Er war im Festtagsgewand, mit neuem Hut, wollenem Wams mit Stahlknöpfen, Kniehosen aus feinem flandrischen Tuch und Gamaschen aus Korduaner Leder. Nie war er so schön gewesen.

Ais Tante Begge den langen Zug nahen sah, fuhr sie vor Freude und Stolz auf. Auch sie strahlte. Sie hatte ein blaues Tuchkleid angelegt und allen Schmuck, der darauf Platz fand. Besorgt fragte sie sich, was wohl in dem großen Kasten sei, den Toulet im Wagen hielt. Und Johanna in ihrem geflickten Barchentkleid sah all diese Pracht und fragte sich auch, was wohl der große Kasten bedeute.

Endlich kam der Zug bis vor die Tür. Die Hauptleute der Bogenschützen und der Sankt-Hubertus-Bruderschaft betraten das Haus und mit ihnen die vier Trauzeugen, die Toulet gewählt hatte, zuletzt Toulet selbst, der mit dem großen Kasten von seinem Wagen herabsprang, als wäre er federleicht. Die anderen blieben draußen.

Tante Begge wartete an der Tür und führte ihn in das Haus. Johanna, bleich wie eine Verschiedene, schlug traurig die Blicke nieder und verbarg sich in einem Winkel.

Da zog Toulet aus dem großen Kasten ein reiches Brautkleid hervor, ein blaues, faltenreiches Gewand und einen blauen Turban, und sprach:

»Setzt euch alle, wenn ihr könnt, und hört alle, was ich sage.«

»Sprecht, Meister Toulet,« sagten die Anwesenden.

Toulet sprach und sagte:»Ich komme in dies Haus, um ein Weib zu nehmen.« Dann machte er einen Schritt und trat zwischen Begge und Johanna.»Die, welche ich gewählt habe,« fuhr er fort,»hat die vier häuslichen Tugenden: Scham, Sanftmut, Mut und Geduld bei der Arbeit.«

Tante Begge trat vor.

»Darum,« sprach Toulet, »nehme ich vor Gott und vor Euch zum Weibe ... die Kleine, die da in der Ecke steht und weint. Tritt näher, Johanna ...«

Johanna blickte lebhaft empor und trocknete hastig ihre Tränen, aber Begge war auf sie losgestürzt. Toulet warf sich dazwischen, und sie schlug ihm ihre Finger ins Gesicht, als wollte sie ihm die Augen auskratzen, aber es gelang ihr nicht.

Dann wandte er sich zu Johanna und drohte Begge mit der Faust. Sie wollte reden, aber ihre Schimpfworte erstickten auf ihren Lippen. Ihr Gesicht wurde bleich wie ein Tischtuch, und die Wut grub Furchen hinein. Ihre grauen Augen quollen hervor, röteten sich mit Blut und spien Flammen. Dann erbebte ihr Körper wie ein sturmgepeitschter Baum, und Tante Begge fiel zu Boden, wie vom Schlage gerührt, und spie bleichen Schaum aus.

»Gott hat sie geschlagen,« sprach Toulet. »Sie war boshaft und hart gegen jedermann. Beten wir trotzdem für ihre Seele.«

»Die Katzen sterben nicht so rasch,« sagte der Bader, der unter den Hochzeitsgästen war. »Sie wird wieder aufkommen, aber hütet euch künftig vor ihr. Ich bleibe hier, um sie zu pflegen,« setzte er hinzu. »Geht ihr zu der Hochzeit, ich bürge für alles.«

In der Tat erwachte Begge in ihrem Hause, als der Priester das junge Paar in der sonnendurchleuchteten Kirche traute, und die vergüldeten Heiligenbilder und die heiligen Jungfrauen mit ihren lächelnden Lippen schienen Toulet und die kleine Johanna gleich dem Priester zu segnen.

10

Aber noch war nicht alles vorbei. Die Jugend von Andenne rottete sich zusammen, damit die Neuvermählten sich freikauften. Das war des Landes so der Brauch. Kaum hatten sie die Kirche verlassen, so erscholl aus der Menge auf dem Kirchplatz ein gewaltiges Geschrei:

»Da sind sie, da sind sie, man muß sie plündern.« Das besagt im heutigen Sinne: »Ihnen die Kleider auszuziehen.«

Toulet stand mit Johanna noch in der Vorhalle, als die Menge die Stufen heraufdrang und sie umringte. Unter den ersten und dreistesten waren alle, die von den Mädchen von Andenne einen Laufpaß gekriegt hatten. Alle waren schwächlich, häßlich oder mißgestaltet.

Johanna erschrak, als sie einen garstigen Buckligen neben sich sah, einen Kerl mit grinsender Satyrfratze und einem Maul von einem Ohr bis zum andern. Der wollte ihr die Kleider abreißen und machte sich einen Spaß daraus, sie zu ängstigen, denn er hatte noch nie eine so ziere Christin gesehen. Ein anderer, ein Riese mit plattem, bleichem, gedunsenem Antlitz, eingedrückter Nase und großem, weit offenem Maul mit gelben Fletschzähnen, sagte zu ihr mit breiiger Stimme: »Wir wollen doch sehen, wie deiner Mutter Kind ausschaut.«

Und all die garstigen Lahmen, Buckligen und Krüppel, ja sogar ein paar schmucke Burschen von Andenne, zappelten vor Vergnügen und schrien: »Ja, ja, wir wollen sehen, wie deiner Mutter Kind ausschaut.«

Inzwischen sprachen andere zu Toulet:

»He, he, junger Ehemann, zieh' dich aus und zeige dem Volk deine alte Schönheit.«

»Gute Leute,« sprach Toulet lächelnd, indes Johanna sich zitternd an ihn schmiegte, »wir sind sittsam und ziehen uns nur insgeheim aus.«

»Nein, nein,« schrie die Menge, »ihr müßt es hier vor den Leuten tun, denn solches ist der Brauch des Landes.«

»Wir dulden es nicht,« sprach Toulet. »und du, langer Rüpel,« sagte er zu dem bleichen Riesen, »komm nicht zu nahe, oder ich hacke dich in Stücke und werfe dich den Schweinen vor.«

Und er würzte seine Worte mit einem Faustschlag in des Riesen Gesicht, also daß er hintenüber in die Menge fiel.

Aber der Bucklige hatte Johannas Schleier erwischt und wollte damit fortlaufen. Da packte ihn Toulet am Kragen, hob ihn an einem Bein in die Luft, zeigte ihn so der Menge und sagte dabei: »Bitte die Jugend um Frieden für uns, wir wollen uns freikaufen. Sonst werfe ich dich auf den Platz wie ein Bündel schmutziger Wäsche.«

Da fuchtelte der Bucklige mit seinen langen Armen, wackelte mit seinem Höcker und rief zu Toulet und der Menge:»Toulet will sich freikaufen. Laß mich los, Toulet. Toulet will sich frei kaufen.« Und alle sprachen:»Ja, ja, sich freikaufen mit Fleisch und Wein.«

Toulet sagte dem Buckligen etwas ins Ohr, und der schwenkte sein freies Bein in der Luft und schrie:»Ihr guten Leute von Andenne, kommt alsbald auf den Platz, wenn der Ausrufer sein kupfernes Becken schlägt. Toulet verspricht Fleisch in Fülle zum Essen und Wein in Tonnen zum Trinken, bis jeder genug hat.«

Da stellte ihn Toulet wieder auf die Füße und sprach:»Ihr guten Leute von Andenne, holt euch jeder einen Tisch, einen Teller und ein Glas. Ich schwöre bei Gottes Blitz, die Tische mit Schinken zu bedecken, die Teller mit Fleischgerichten zu füllen und die Gläser mit Wein aus meinen Tonnen, so reichlich, wie die Wasserfälle der Echavée. Geht nun in Frieden und laßt uns vorbei.«

»Heil Toulet!« schrie die Menge und machte eine Gasse frei, indes jung und alt die Hüte schwenkte und rief:»Heil Toulet! Heil Johanna! Heil dem Hochzeitsschmaus und dem Wein!«

11

Eine Stunde darauf boten der Kirchplatz und die Straßen von Andenne einen neuen und schönen Anblick. Überall sah man Tische aufgestellt, auf denen leere Schüsseln und Teller ihr Maul auftaten und der Speisen harrten.

Toulet wußte, daß die Hochzeit so enden würde. Groß aber war das Erstaunen aller, als sie eine ganze Prozession daherkommen sahen. Die einen trugen Stangen, an denen Schinken, Leber- und Hirnwürste hingen, andere trugen zu viert Bahren, auf denen ganze Schweine zu sehen waren, mit Petersilie geziert, Rinder und Kälber, mit Rosen geschmückt und mit Würstchen und Kastanien gestopft, Lämmer und Spanferkel, im Backofen goldig gebräunt. Aber die Krone bildeten die Geflügelfrikassees, die in duftenden Tunken schwammen, also daß die Luft auf hundert Schritt davon erfüllt war, und Suppen, die im ganzen Lande berühmt waren, in gewaltigen ehernen Kesseln, jeder zu dreißig Eimern. Dann kamen auf Wagen die Fässer und Tönnlein von jeglicher Gestalt mit dem Zapfen im Spundloch. Ein Knabe, mit Weinlaub umhüllt und gekrönt, saß rittlings auf dem ersten Faß.

Die Speisen wurden auf die Tische gesetzt und die Fässer daneben gestellt. Das alles geschah in solcher Ordnung, daß jedermann, reich wie arm, zu essen und zu trinken hatte, ohne daß sie ihre Bänke und Kisten zu verlassen brauchten. So viele Diener waren zur Stelle, man wußte nicht woher, daß es manchem gar wunderlich schien.

Mit großen Messern schnitten die Diener große Scheiben Schinken und Brot, schöpften aus den Kesseln volle Schüsseln von Suppe und Frikassee und reichten sie, Ketten bildend, an andere, die sie weiter verteilten. An jeglichem Tischende standen Mundschenken, die jedem einen vollen Humpen Wein schenkten und denen, die ihn erhalten, einen Kreidestrich auf den Rücken machten. Bald waren alle gezeichnet. Aber die, welche getrunken hatten, löschten das Zeichen heimlich aus, also daß manche bis zu siebzehn Krügen Wein oder Bier tranken.

Keiner ging bei dieser Hochzeit leer aus, nicht mal die Lahmen, die auf Krücken gingen, die mit Kröpfen Behafteten, die Hinkenden, Buckligen und Bettler, ja nicht mal die Hunde, die bei dem Dufte der Tunken von allen Bauernhöfen der Umgegend herbeigelaufen waren und sich nun um einen Knust Brot, einen Knochen, eine Schwarte mit großer Wut stritten.

Um die Vesperzeit begannen die Leute zu tanzen. Männer und Weiber glaubten den Mond am Himmel doppelt zu sehen, wie er sich teilte und wieder zusammenschmolz. Dudelsackspieler, die sich mit Mühe auf den Fässern hielten, lockten aus allen Ecken die Paare zum Tanz, aber ihre Füße beschrieben Zickzackfiguren, wie sie die Tanzkunst nicht kennt. Andere sangen, zechten weiter und riefen: »Heil Toulet! Heil Johanna,« indes andere Paare in den Winkeln der Strebepfeiler der Kirche Frau Venus feierten und sich trunken ewige Liebe schworen.

In Toulets Haus ging es minder hoch her, aber der Schmaus war gewählter. Fette Poularden mit weißem Fleisch, rosige Gänse, Geflügelsuppen und feine Gemüse standen auf den langen Tischen. Aus der Küche stieg der leckere Duft der Wachteln auf, die im letzten Jahre in Schweineschmalz eingelegt waren und nun aus ihren

irdenen Töpfen hervorkamen. Und Johanna, die an kräftige Fleisch-
speisen und berauschende Weine wenig gewohnt war, hatte ihren
jungen, klaren Verstand verloren, als Toulet sie ins Brautgemach
führte.

12

Am Sonntagmorgen, dem Tag nach der Hochzeit, als die Über-
bleibsel des gewaltigen Schmauses noch auf den Tischen in ganz
Andenne umherstanden, hielt der Pfarrer nach der Neunuhr-Messe
die Predigt. Es waren nur alte Männlein und Weiblein in der Kirche,
die wegen ihrer hohen Jahre dem Fest ferngeblieben waren. »Meine
Brüder,« sprach der Pfarrer mit Stentorstimme, »mein Zorn ist über
sie ergrimmt und wird sie vertilgen bis in ihre Grundfesten. Also
spricht Gott im zweiundzwanzigsten Verse des fünften Buches
Mosis. Ja, meine Brüder, Gott muß ergrimmt sein, wie er sagt, ja,
sein Zorn vertilgt die Gottlosen, die lauen Seelen, die in Sünden
leben, statt an die Kirche zu denken, die sich vollfressen wie Ka-
paune. Er muß seine Macht den Ungläubigen zeigen, und darum
sandte er nach Tatschingkun, welches ihr China nennt, eine grau-
same Pest, welche in jenen fernen Ländern sechshundertsiebenund-
dachtzigtausend Einwohner, Männer und Weiber, hinraffte, ungerechnet die Mandarinen.

Selbst Luft und Wasser wurden verpestet, und alle Vögel fielen
tot hernieder, indes die Leichen der Fische auf der Oberfläche des
Meeres schwammen. Also ward Gottes Wort erfüllet, daß sie bis in
ihre Grundfesten vertilgt würden.

Dann fand der Herr, daß es genug sei, verzieh ihnen und sandte
die Pest zu den Griechen, danach zu den Afrikanern, und dort star-
ben mehr denn neunhunderttausend Menschen, ungerechnet die
Pferde.

Gott verzieh abermals und sandte die Pest nach Italien, wo die
Menschen zwar Christen sind, aber sehr verdorben. Dort schlug er
eintausendneunhundertsiebenundachtzig Männer, ungerechnet die
Weiber und die Kastraten, die in den Kirchen singen. Nachdem
solches geschehen, verzieh ihnen der Herr die Schmutzigkeit ihrer
Leiber und Häuser.

Aber, meine Brüder, wenn der Ewige in seiner Gnade unser Land auch verschont hat, so sandte er uns doch eine andere Plage in der Gestalt der Geißler oder Flagellanten. Sie behaupten, daß sie Christus nachahmen, indem sie sich dreimal für ihre Sünden geißeln, und auch für die unseren, aber in Wahrheit tun sie es aus Gewinnsucht, damit man ihnen die Wachslichte und Harzfackeln, das Gold und Silber gibt, das sonst der Kirche gespendet würde. Die Geißler sind die Heuschrecken und Fliegen, von denen Moses spricht, denn sie verzehren das christliche Volk.

Ja, Fliegen, die euch die Augen blenden, euch in die Seele dringen in Schwärmen von lästerlichen Reden, ja, Heuschrecken, die nicht eure Ernten und Gemüse auffressen, sondern euer Hab und Gut, das Gut eurer Verwandten und der heiligen Mutter Kirche.

O Verwüstung, o Greuel, die auf unser Land herabkommen werden! Sie haben sich in Maestricht gezeigt, sind von den Leuten des Bischofs verjagt worden und haben sich nach Andenne aufgemacht.

Sursum corda, meine Brüder, zeigt, daß ihr ein Herz habt. Geht hinaus, waffnet euch, ergreift eure Spieße, Lanzen und Schwerter, rottet die Geißler aus und macht, daß der morgige Tag nur ihre Hacken oder ihre Leichen bescheint. Gott will es, also sei es.«

Alle alten Männer und Frauen standen auf und riefen:»Gott will es!« Und die Frauen sagten:»Ach, wären wir doch Männer, wir gingen ihnen entgegen, um sie auszurotten!«

»Ja, ja,« sagten die alten Männer sanft,»man weiß, ihr liebt die Gefahr, in die ihr andere hineintreibt. Aber wir haben Mut.« Und sie packten ihre Krücken und schwenkten sie in der Luft.

»Nur zu!« rief der Pfarrer. Und die alten Leutchen standen nicht ohne Beschwer auf und strebten dem Ausgange zu.

Da plötzlich vernahmen sie auf dem Platze ein lautes Getöse von Lästerungen und Hundegebell. Der Pfarrer hatte behutsam die Tür geöffnet und rief:»Da sind sie!« Und fürwahr, der ganze Platz war voll von Geißlern, deren weiße Mäntel und bloße Oberkörper sich von den Holzhäusern abhoben. Die Tische, die noch umherstanden, waren mit Hunden bedeckt, großen und kleinen, die die neuen Gäste anbellten.

Aber die alten Weiblein schrien nicht mehr, und die alten Männer hatten ihre friedlichen Krücken abgelegt. Nur drei hatten die Kirche verlassen und begannen auf die Geißler dreinzuschlagen. Die aber spotteten ihrer, nahmen ihnen die Krücken weg und zwangen sie, in die Kirche zurückzukehren. Und sie waren froh, wieder drinnen zu sein.

Alle Gevatterinnen umringten sie; sie aber warfen sich in die Brust und rühmten sich, sie hätten ihre Krücken an den Köpfen der Geißler zerschlagen. Doch als die ganze Schar dieser Taugenichtse auf sie eingestürmt sei, hätten sie sich in die heilige Stätte zurückziehen müssen.

Und die Gevatterinnen lobten und küßten sie weidlich, stellten sie über die größten Kriegshelden und feierten sie als Sieger, nicht nur, um ihnen Freude zu machen, sondern auch, um die anderen Alten zu kränken, die sich nicht ins Getümmel hinausgewagt hatten.

Indes sagte der Pfarrer, der allzeit Ausschau hielt, zu ihnen: »Hört ihr das Hundegebell? Das sind die Hunde von Andenne, auf die sie losschlagen, um sie von den Tischen zu verscheuchen. Kommt und schaut, meine Kinder, kommt und schaut.«

Und alle sahen sich nacheinander das Schauspiel an. Und sie sahen, wie die Hunde, in die vier Ecken des Platzes getrieben, die Geißler von dort aus anbellten.

Die machten sich nun über die Speisen her, zankten sich um das Beste, machten sich die Enten streitig, entrissen sich die Hammelkeulen und bissen gierig hinein, dieweil andere sie am Ärmel zupften.

Als sie mitten im Schmause waren, erschienen die Bürger von Andenne, durch den Lärm aufgeweckt, an allen Ecken des Platzes. Da der Führer der Geißler die Leute kommen sah, pfiff er dreimal, und die anderen stellten sich im Kreis um ihn. Dann richtete er sich auf und stimmte ein Kirchenlied an.

Auf dies Zeichen warfen alle ihre Mäntel ab, und das Volk von Andenne sah zu, wie sie sich geißelten, indes der Häuptling und seine zwei Helfer das Miserere und Dies irae sangen. Dann befahl der Führer innezuhalten, warf selbst den Mantel ab, geißelte sich dreimal im Namen der Dreieinigkeit und verlas einen Brief, den der Erzengel Michael, wie er sagte, ihm selbst überbracht, hatte und worin ihm das Recht erteilt ward, die Geißler zu befehligen, zu richten und zu verurteilen, desgleichen alle Almosen und Gelder der Brüderschaft in Empfang zu nehmen, zu verwahren und auszuteilen.

Da sie dies vernommen, luden die Bürger von Andenne sie ein, sich an die Tische zu setzen und sich gütlich zu tun. Als aber der Pfarrer das hörte, geriet er in wilden Zorn und verließ die Kirche, von dem Küster gefolgt, der das Kreuz trug.

»Was!« rief er, »ihr guten Leute von Andenne, ihr erlaubt diesen schlechten Christen, von eurem Fleisch zu essen und von eurem Wein zu trinken? Wißt, der Herr Herzog hat allen Bürgern und Bauern befohlen, sie aus seinem Lande zu vertreiben. Wißt auch, unser heiliger Vater hat den Kirchenbann gegen sie geschleudert, und wenn sie euch heute auch lebendig erscheinen, inwendig sind sie nur Staub und Asche.«

Bei diesen Worten des Pfarrers packte die Bürger große Angst und sie verließen die Geißler in aller Hast. Aber der Häuptling trat auf den Pfarrer zu und sprach:

»Wagst du, schlechter Priester, so gegen Christen zu predigen? Auch wir verehren den heiligen Vater, aber mehr noch Sankt Michael, welcher uns durch Freibriefe geboten hat, uns für die Sünden der Welt zu geißeln und allerorten die heilige Pönitenz zu üben. Schau diesen Brief an und knie nieder.«

Als der Pfarrer das Pergament mit goldenen Sternen und hebräischen Schriftzeichen sah, erschrak er, kniete nieder und entwich in die Kirche. Und der Häuptling segnete ihn von hinten.

13

Die Geißler wollten gerade ihr Mahl fortsetzen, da kamen die Reiter des Bischofs auf den Platz gesprengt. Es waren ihrer wohl fünfzig mit Lanzen und Schwertern. Der Hauptmann ritt auf den Führer der Geißler zu und gebot ihm, das Feld zu räumen, mitsamt seinen Leuten. Der verweigerte es und wies sein Pergament vor, aber der Hauptmann schlug es ihm mit einem Schwerthieb aus der Hand und warf es zu Boden, desgleichen seinen Träger, den er an der

Schulter verletzte. Der fiel auf das Pergament und schrie:»Jesus, ich bin tot!« Und er blieb starr und steif auf dem Bauch liegen, die Nase auf dem Pergament.

Der Hauptmann, der ihn für tot hielt, ließ ihn liegen und griff mit seinen Leuten die anderen Geißler an, die zumeist Reißaus nahmen. Die, welche blieben, wurden gefesselt, um aus dem Lande Lüttich geführt zu werden. Dann gab der Hauptmann Befehl zum Abmarsch. Aber einer der Reiter, der kecker war als die anderen, fragte:»Mit Verlaub, Herr Hauptmann, sollen wir auf alle diese Speisen hier spucken?«

»Nein,« sprach jener,»nehmt sie mit.«

Da spießten die Reiter aus dem Sattel heraus mit den Lanzen, der eine einen Schinken, der andere eine Hirnwurst oder ein Spanferkel auf. Und mit diesen nahrhaften Bannern ritten sie ab. Ein Karren folgte, von einem von ihnen gezogen und mit einem Faß Wein beladen.

14

Derweil lag der Häuptling der Geißler noch immer auf dem Bauche und stellte sich tot. Als er aber den letzten Hufschlag des letzten Söldners vernommen, öffnete er ein Auge und sah sich allein auf dem Platze. Da drehte er sich auf den Rücken, ergriff sein Pergament und schrie:»Ich sterbe!«

Dieser Häuptling, der eigentlich Lamprecht hieß, war der Sohn eines getauften Juden aus der Grafschaft Flandern. Nachdem er das Bürgerrecht erkauft hatte, ließ er sich in die große Zunft der Weber aufnehmen, verführte die Tochter eines Zunftmeisters, bewog sie, das Geld ihres Vaters zu stehlen, und ließ sie in gesegneten Umständen sitzen.

Der Vater zog ihn vor das Gericht der Vierschare und klagte auf Heirat und Zurückerstattung. Besagter Lamprecht ward in der Bijloke[2] eingekerkert, aber schlecht bewacht und entkam. Er begab sich nach Frankreich und spielte dort den Landstreicher, Krückenläufer und Bettler. Nachdem er mit diesem Gewerbe viel Geld ver-

---

[2] Alte, noch bestehende Abtei in Gent.

dient, ging er nach Italien, weil man ihm sagte, daß die Bettler dort noch weit mehr verdienten.

Da er sah, daß in diesem Lande alles für die Mönche und die Geißler war, wollte er das Haupt einer Geißlerschar werden. Er erstand ein altes Pergament, malte goldene Sterne und das Zeichen der Erlösung in einer strahlenden Sonne darauf und schrieb ein paar Worte hinein, kraft deren Jesus ihn zum Haupt aller Geißler erkor, die er unterwegs traf, und ihm die hohe und niedere Gerichtsbarkeit über alle verlieh, desgleichen das Recht, die Almosen, die die Geißler erhielten, zu verwahren und auszuteilen.

Des Nachts erschien er in dem Stalle, worin sechzig dieser armen Teufel schliefen. Und sie sahen einen hellen, übelriechenden Schein um seine Gewänder. Da glaubten sie, es sei der Teufel, und bekreuzigten sich, aber mit einmal hörten sie eine starke Stimme, die zu ihnen sprach:»Friede sei mit euch allen. Ich komme in Jesu Namen und bringe euch frohe Botschaft. Zündet eine Fackel an, auf daß ihr den sehet, der euer Führer sein soll.«

Als die Fackel angesteckt war, sahen sie einen jungen Mann von hohem Wuchs mit kastanienbraunem Haar, großen hellen Augen und so schön von Gestalt, daß sie ihn anbeten wollten. Er wies ihnen sein Pergament vor und erzählte ihnen seine Lügen. Als sie diese vernommen, fielen sie alle aufs Knie und küßten ihm die Hand zum Zeichen der Huldigung und des Gehorsams.

Am folgenden Tag brachen sie auf, und die Almosen fielen reichlich in ihre Bettelsäcke, als es ruchbar ward, daß ein Abgesandter Gottes sie führte. Da er sein Geschäft blühen sah, wollte er alles in seinen Säckel tun und die Wegzehrung der Geißler selbst bezahlen. Alle willigten ein, bis auf zwei, die wie er dem Galgen entronnen waren. Sie erklärten den Brief des Heilands für falsch und den Führer für einen Betrüger. Sie behielten ihr Geld.

Aber Lamprecht ließ sie ergreifen, hielt Gericht über sie und verurteilte sie, auf der Stelle gehenkt zu werden. Solches geschah. Nachdem er sich durch diesen Gewaltstreich Ansehen verschafft hatte, tat er, was er wollte, predigte, führte das große Wort, machte den Frauen und Mädchen schöne Augen und nahm ihnen ihr Geld und ihre Ehre; dann gebot er ihnen, heimzukehren und ihre Väter oder Gatten um Verzeihung zu bitten.

Das war der Mann, der auf dem Platz schrie:»Ich sterbe!«

Die Gevatterinnen kamen zu Hauf herbei und bemühten sich um den Verletzten. Besonders Begge klagte, betete und weinte bei ihm; dann lächelte sie bitter und lief zu Toulet.

15

Toulet sprach gerade mit Johanna von ihr:

»Hüte dich, Liebchen. Ihr Benehmen ist sanft, aber ihre Blicke sind hart. Sie brütet Rache! Aber bei Gott, wenn sie dich anrührt, hacke ich sie in Stücke.«

»Ja,« sprach Johanna,»ihre Augen blitzen und ihre Stimme zischt, wenn sie mit mir spricht ...«

Plötzlich erschien Begge verstörten Blicks.»Kommt, kommt!« rief sie,»kommt auf den Platz. Da liegt ein armer Verwundeter und schreit: Ich sterbe.«

»Nun, und was weiter?« fragte Toulet.

»Was weiter, herzloser Mann? Was weiter? Ihr werdet ihn beherbergen und ihn bei Euch pflegen.«»Pflegt ihn doch selbst,« sprach Toulet,»Ihr habt ja nichts weiter zu tun.«

»Das geht nicht an. Er ist jung und schön; ich bin allein und ein Weib.«

»Und Johanna hier, ist sie nicht auch ein Weib, mindestens so gut wie Ihr?«

»Das ist nicht das gleiche. Sie hat das Glück, einen Gatten zu haben, ich aber ... Nur zu, Toulet, laßt Euch erweichen.«

»Schön,« sagte er,»wo ist der Verletzte?«

»Auf dem Platz,« entgegnete Begge.

Von Begge geführt, gingen Johanna und Toulet hin, bahnten sich einen Weg durch den Schwarm der Gevatterinnen und kamen zu dem Verwundeten.

Als der Johanna erblickte, tat er seine schwermütigen Augen weit auf und sagte:»Au, au, die heilige Jungfrau steigt zur Erde herab. Heilige Frau, Mutter Gottes, tu Balsam auf meine Wunden. Au!«

»Ich bin nicht die heilige Jungfrau,« sagte Johanna, »aber mein Gatte und ich wollen dich bei uns aufnehmen und pflegen.«

»Und wenn du weiter so viel Wirtschaft machst,« setzte Toulet mit dröhnender Stimme hinzu, »so bleibst du hier liegen, verstehst du?«

Der Verwundete schwieg augenblicks und ächzte nur, wenn der Schmerz zu heftig bohrte. Er wurde auf eine Matratze gelegt und von vier Männern in Toulets Haus gebracht.

»Schau,« dachte Begge, dem Zuge folgend, »schau, er liebt Johanna bereits ... Um so besser, er wird mich an ihr und an Toulet rächen. Der soll schon sehen, daß er nur eine Dirne gefreit hat.«

Und sie ging fort.

16

Lamprecht bekam ein gutes Zimmer und ein gutes Bett. Der Bader untersuchte seine Wunde und erklärte, es sei nur ein starker Schnitt, und er werde in acht Tagen gesund sein. Lamprecht ließ es sich in seinem Bett wohl sein, aß gut und warf seine Blicke in Ermanglung eines Besseren auf die dicke Juliane, die sich in den schönen Jüngling vergafft hatte. Sie kochte für ihn allein Fleischbrühe von vier Pfund Fleisch für eine Tasse. So ging es fünf Tage lang.

Eines Morgens, als sie ihm Milchreis brachte, fragte der Verwundete, warum ihre Herrin ihn niemals besuchte.

»Was geht es Euch an?« fragte Juliane. »Pflege ich Euch etwa nicht gut? Was? Ich habe Euch vom Kopf bis zu den Füßen gewaschen, wie ein kleines Kind, und Ihr hattet es sehr nötig; ich habe Euch die Wäsche und das Bettzeug gewechselt, habe Euch auf einen Stuhl gesetzt und dann wieder ins Bett getragen, und jetzt, wo Ihr wieder gesund seid, Scheinheiliger, denn Ihr seid ja gesund, fragt Ihr nach der Frau, jetzt braucht Ihr die Frau, wozu denn? Ich weiß wohl, denn ich bin nur gut, Eure Magd zu sein. Aber daraus wird nichts, ich gehe und sage es Herrn Toulet, und die Frau, unsere Frau, die kommt nicht her. Und ich lasse Euch ganz allein hier, und dann kann die Frau Euch ja pflegen, wenn sie will.«

Lamprecht rief sie sanft zurück, sprach ihr ganz leise ins Ohr und betörte sie so, daß sie nach einer guten Viertelstunde sein Zimmer mit einem feuerroten Kopfe verließ, gerade als Johanna, die erstaunt war, sie nicht in der Küche zu sehen, nach dem Zimmer des Kranken heraufkam, um zu fragen, ob ihm irgend etwas zugestoßen sei.

Beide Frauen gingen dicht aneinander vorbei; Juliane hatte nichts Eiligeres zu tun, als den Blicken ihrer Herrin zu entgehen. Aber die Frauen erraten einander, und Johanna hegte keinen Zweifel mehr, was geschehen war.

17

Juliane war in dem Zustand, in dem Johanna sie traf, in die Küche gegangen.

»Na, wer kommt denn da?« hieß es von allen Seiten. »Warum ist Juliane denn so rot? Sie ist wie eine Mohnblume,« sagte die eine. »Wie ein Kohlkopf,« sagte die andere. »Wie ein Kind, das Prügel gekriegt hat,« meinte die dritte.

»Laßt mich doch rot sein,« sagte Juliane. »Es gibt hier noch andere, die werden es noch mehr sein, als ich.«

»Wer denn, wer?« fragten alle Mädchen.

»He, unsere Frau; weiß Gott, sie ist bei dem Verwundeten, bleibt im Zimmer und schwätzt mit ihm.

Aber ich sag' es – nicht dem Herrn, der ist zu gut, doch der Tante Begge. Sie wird diesen Geschichten schon ein Ende machen.«

In einer Ecke beim Ausguß scheuerte ein altes Weiblein einen gelben irdenen Topf mit einem Lappen. »He, he!« lachte sie und ließ den Lappen auf dem Topf ruhen. »Ich weiß, was das heißen soll! Juliane ist eifersüchtig auf unsere Frau, weil der schöne Verwundete sie der Frau wegen hat sitzen lassen. Tröste dich, Mädchen, Fürstenspeise ist nicht für uns Grobschnäbel gemacht. Und noch eins: ich mag nicht, daß Juliane oder die anderen auf unsere Frau eifersüchtig sind, denn ich weiß wohl, im Herzensgrund möchtet ihr alle, daß der Mann da ewig bei uns wohnte, damit jede von euch an die Reihe käme.«

»Wagst du so schlecht von uns zu denken?« entgegnete Juliane.

»Jawohl, ich wage es,« antwortete die Alte, »denn ich weiß, wie die Dinge gehen, anfangs ganz sanft, zuletzt ganz in Feuer und Tränen.«

»Du weißt es nur so gut,« gab Juliane heraus, »weil du es in deinen jungen Jahren mit verschiedenen ausprobiert hast.«

»Ihr werdet ja sehen, ihr werdet ja sehen,« sagte die Alte, mit dem Kopf nickend. »Ihr werdet ja sehen, ihr armen Dummköpfe. Bleibt der Verwundete noch länger hier und gewinnt das Herz der Frau, so kommt das Unglück ins Haus.«

18

Vor der Tür sagte Johanna zu sich: »Unser Gast ist ein Mädchenverführer, ein Schwein, das alles frißt. Was wird er zu mir sagen, wenn ich mich hineinwage? Ich wage es, ich fürchte mich nicht.«

Dann kam sie auf den Einfall, ihn reden zu lassen, denn sie wollte ihn nicht auf das bloße Anzeichen hin beschuldigen, daß die Magd einen roten Kopf gehabt hatte. Sie wollte auf seine Reden eingehen, damit er sich selbst verriete; dann wollte sie mit Toulet zusammen ihr Urteil fällen, wie er bestraft werden solle.

Sie klopfte an und trat entschlossen ein.

»Schöner Verwundeter,« sagte sie, »alle Mägde im Hause scheinen in Euch verliebt.«

Er zuckte leicht die Achseln und richtete sich im Bette auf.

»Frau,« sprach er mit Grabesstimme, »die feurige Zunge hat sich auf meine Stirn gesenkt und gebietet mir, in deiner Sprache mit dir zu reden.«

»Ich höre,« versetzte Johanna.

»Du mußt es,« sprach er. »Ja, meine Wunde ist geheilt, wie es eben das unreine Weib sagte, aber ich hörte die Stimme des Geistes, der zu mir sprach: du hast auf dieser Welt eine Seele zu retten, eine Seele, die in Sünde lebt, und diese Seele ist Toulets Weib, Johanna genannt, die hier vor dir steht.«

»Ach,« sprach Johanna und blickte ihn mit ihren großen Augen leicht spöttisch an, »verzeiht mir, heiliger Fremdling, meine hoffärtigen Worte, aber wie konnte ich in Sünde leben, da ich doch nie

43

einen Liebhaber hatte und jetzt Toulets Weib bin, vor Gott von dem Pfarrer in der Kirche ehelich getraut.«

»Weib,« sprach Lamprecht, »du kennst Gottes Willen nicht wie ich. Gewiß läßt er manche Frauen in den unreinen Banden der Ehe leben, aber seine Erwählten, und du bist deren eine, o Johanna, die müssen nach seinem Gebot alles verlassen und ihm folgen.«

»Ach!« sprach sie, »will er es wirklich?«

»Ja,« antwortete er, »und darum habe ich alle Macht über dich. Kraft des dreimal heiligen Briefes des heiligen Michael, den ich hier habe, hat er uns nach Andenne geführt, mich vor dem Schwert eines rohen Soldaten gerettet, mich zu dir gesandt als Boten von hoher und reiner Tugend. Er gibt dich mir im Geiste zum Weibe, damit ich dich zu ihm führe auf dem Wege der Kasteiung und Buße.«

»Was muß ich tun?« fragte Johanna scheinbar unterwürfig.

»Zunächst, da du gehorsam bist, mir den Friedenskuß geben.«

»Später,« sprach sie.

Der Verwundete bestand nicht darauf. Johanna verließ ihn mit ehrerbietigem Gruß und er segnete sie.

19

Am nächsten Tage, als Lamprecht sah, daß sie nicht wiederkam, stand er auf, öffnete die Tür und rief mit seufzender Stimme:

»Johanna!«

Johanna kam herauf. Sie fand ihn in seinem Bett kniend im Hemde. Er bekreuzte sich oftmals, als spräche er mit einem Unsichtbaren und sagte: »Herr, nimm diese Prüfung von mir, zwinge mich nicht, eine Neuvermählte ihren irdischen Pflichten abspenstig zu machen. Nein, Herr, denn die Welt würde mich mit Schimpf und Verleumdung überschütten.« Dann schien er verzückt und tat, als antwortete er auf eine Stimme, die sie nicht hörte. »Herr,« sprach er, »es muß also sein? Ich füge mich deinem heiligen Willen. Ich werde der Sünderin deine Gebote mitteilen. Sie wird dir lieber gehorchen wollen, als die ewige Pein erleiden. Herr, verlaß mich nicht so bald; ich sehe dich nicht mehr. Ach! Die Wolke trägt dich hinweg, und die Sohlen deiner heiligen Füße verschwinden.«

Dann blieb er stumm, seufzte und weinte, die Arme nach einer Ecke des Zimmers erhoben. Johanna tat, als erschräke sie. Plötzlich erwachte er wie aus einem Traume, blickte sie an, verbarg sich hastig im Bett und sprach:

»Weib, was hast du hier zu schaffen? Wer rief dich?«

»Ihr, heiliger Fremdling,« antwortete Johanna.

»Ich?« versetzte er, »du irrst dich!«

»Trotzdem hörte ich deutlich, wie die Tür aufging und eine Stimme, die Eure, mich rief. Dann wurde sie wieder geschlossen. Da ich Euch gehorchen wollte, kam ich herauf. Tat ich Übles, verzeiht mir.«

»Es ist der Engel, der Engel Gottes, den du gehört hast. Höre denn! Wappne dich mit Kraft und mit Mut. Dies hat mir der Herr aufgetragen. Ich werde diese Herberge alsbald bei Nacht verlassen. Du wirst mir eine Stunde danach auf der Straße nach Sankt Hubertus folgen; dort werde ich dich erwarten. Vorher wirst du sogleich einen Sack mit Engelstalern mitnehmen, den ich in meinen Gürtel stecken werde, um unsere Wegzehrung nach Jerusalem zu bestreiten.

Dort wirst du Erlaß deiner Sünden empfangen, dort meine leibliche Gattin werden, wofern es der Herr mir nicht schon früher unterwegs gebietet. Du wirst dünne Schuhe anziehen, alles Gold mitnehmen, das du forttragen kannst, und heute nacht, wenn es vom Turm von Sankt Begge ein Uhr schlägt, wirst du fortgehen, um mich mit dem Sack zu treffen. Denn solches ist der Wille des Herrn, und du wirst nicht so schamlos sein, ihm nicht zu gehorchen.«

»Nein,« sprach Johanna. Dann ging sie zu Toulet, der sich zu einer Reise nach Namur rüstete, um Wein einzukaufen.

Der Geißler spitzte das Ohr, er hörte nur das leise Gespräch zweier Menschen, dann langes Gelächter, das eine sehr grob, das andere sehr hell: er erkannte Toulets und Johannas Stimme. Dann hörte er Hufgetrappel im Hofe, eine Peitsche knallte und Toulet schrie: »Hü!«

Als alles im Wirtshaus zur Ruhe war und das laute Schnarchen der Mägde dem Geißler sagte, daß alle, Männer wie Frauen, fest schliefen, sprach er zu Johanna, die allein auf war:

»Ich nehme dich jetzt nicht mit mir, denn gingen wir beide fort und begegneten einem Bürger von Andenne, so erriete er unsere Absicht. Gehen wir aber jeder allein und treffen uns auswärts, so können sie nichts ahnen.«

»Tut, wie es Euer Wille ist,« sagte Johanna.

Um Mitternacht verließ er das Gasthaus.

Als es ein Uhr schlug, ging Johanna gleichfalls, mit einem schweren Säckel beladen. Unterwegs erhob sie die Stirn zu dem bleichen Licht der Sterne, die sie mit ihren hellen Augen starr anblickten. Johanna wagte ihnen ins Gesicht zu sehen. Aber die Furcht befiel sie, als sie nahe am Waldessaum Schritte vernahm, ganz leise Schritte, die wie auf Filzsohlen schlichen. Sie beschloß, geradenwegs weiter zu gehen, ohne sich umzublicken.

Trotzdem siegte die Neugier und sie drehte sich um. Sie hörte nichts mehr und sah nichts als die Bäume am Wegrain, die nach rechts einen dichten Schatten warfen. Da bekam sie noch mehr Angst und begann zu laufen. Ihr war, als liefe jemand neben ihr her unter den Bäumen.

Am andern Ende des Weges erkannte sie die hohe Schattengestalt des Geißlers, der auf sie wartete. Als er sie sah, lief er auf sie zu. Sie blieb stehen, entschlossen, keinen Schritt weiter zu tun.

»Warum folgst du mir nicht?« fragte er.

»Ich kann nicht,« sagte sie lächelnd, ohne daß er ihr Lächeln sah.

Plötzlich hörte sie ein sehr scharfes Lachen aus einem Gebüsch gellen und erkannte Begges Stimme. Vor Angst blieb Johanna wie angewurzelt stehen. Ihre Angst wuchs noch, die Angst vor Verleumdung. Sie war unschuldig, aber was würde man in Andenne sagen? Sie würde für eine Dirne gelten, wie's Begge gesagt hatte.

Plötzlich stieß sie einen Freudenschrei aus. Sie sah Toulet mit Wolfsschritten hinter dem Geißler anschleichen.

»Komm, ich will es,« sprach dieser.

»Nein!« sagte Johanna entschlossen.

»Du spottest meiner.«

»Ja,« sagte sie.

»Unverschämte!« schrie er, »ich bringe dich um!«Als er den Arm erhob, um Gewalt anzuwenden, schrie er laut auf, denn eine mächtige Ohrfeige klatschte auf seine Backe. »Au, was ist das?«

»Das ist die Hand des Gatten,« sprach Toulet.

Begge tauchte neben ihnen auf.

»Es war Zeit,« sagte sie.

»Nicht so sehr, wie du meinst,« versetzte Toulet. »Johanna hat mir alles gesagt, und der Beweis ist der Säckel, der, wie er hoffte, voll Gold sein sollte. Es war ein Komplott zwischen uns, um diesen Halunken zu strafen.«

Begge öffnete den Sack, er enthielt bleierne Spielmarken.

Als sie verblüfft fortgehen wollte, sagte er:

»Bleibe doch, Begge, bitterböse Begge, herzlose Begge, harte, schnippische, hochnäsige Begge, bleibe doch und genieße das Schauspiel ...« Dann wandte er sich zu dem Fremdling, der mehr tot als lebendig war:

»Bisher hast du dich nur zum Spaß gegeißelt, ich will dich im Ernst durchprügeln.«

Der Fremdling schwankte halbtot auf seinen langen Beinen. Toulet packte ihn am Arme und ließ ihn wie einen Kreisel sich drehen, während er ihn aus Herzenslust peitschte. Sein Geschrei hörte er so wenig, als ob er aus Stein wäre.

Plötzlich hielt Toulet mit Schlagen inne, blickte Begge stumm an und brach in tolles Gelächter aus. Alle Echos lachten mit; es waren mehr als fünf an dieser Stelle des Weges. Auch Johanna, von diesem Gelächter angesteckt, lachte mit.

Nur Begge und der Geißler lachten nicht. Sie wähnten, ganz Andenne stände hinter ihnen und machte sich über sie lustig.

»Begge,« sprach Toulet, noch immer lachend, »du hast diesen Buhler in mein Haus gebracht, um dich an Johanna zu rächen. Wäre sie nicht ein ehrbares Weiblein gewesen, ich wäre durch dich betrogen und zu Grunde gerichtet. Zum Dank will ich etwas für dich tun. Du pflegst ja gern Verwundete, pflege den da! Du willst ja gern heiraten, nimm den da, Johanna mochte ihn nicht. Besten Gruß, meine Herrschaften!«

Und er ging mit Johanna, die leise in ihr Taschentuch hineinlachte. Als sie etwas weiter fort waren, küßte er sie und sprach:»Treues Liebchen, Gott vergelte dir, was du an mir getan hast!«

Nach einigen Schritten drehten sie sich um und sahen Begge mit dem Fremdling plaudern.

Zwei Tage danach erfuhren sie durch den Stadtklatsch, daß Begge einen Mann beherbergte.

Einen Monat später erzählte ihnen ein Fiedler, der aus Lüttich kam, ein Italiener wäre in Sankt Jakob mit einer Frau aus Andenne getraut worden.

»Um so besser,« sprach Toulet,»dann sind wir sie beide los.«

Aber in der Küche verstand man es nicht.

Drei Monate später erzählte ein herumziehender Händler in Andenne, ein Geißler wäre von den Leuten des Bischofs an die des Grafen von Flandern ausgeliefert und auf dem Bijlokeplatz in Gent wegen seiner früheren Missetaten gehenkt worden.

Und Begge ward zum anderen Mal Witwe.

Über tredition

Eigenes Buch veröffentlichen

tredition wurde 2006 in Hamburg gegründet und hat seither mehrere tausend Buchtitel veröffentlicht. Autoren veröffentlichen in wenigen leichten Schritten gedruckte Bücher, e-Books und audio-Books. tredition hat das Ziel, die beste und fairste Veröffentlichungsmöglichkeit für Autoren zu bieten.

tredition wurde mit der Erkenntnis gegründet, dass nur etwa jedes 200. bei Verlagen eingereichte Manuskript veröffentlicht wird. Dabei hat jedes Buch seinen Markt, also seine Leser. tredition sorgt dafür, dass für jedes Buch die Leserschaft auch erreicht wird.

Im einzigartigen Literatur-Netzwerk von tredition bieten zahlreiche Literatur-Partner (das sind Lektoren, Übersetzer, Hörbuchsprecher und Illustratoren) ihre Dienstleistung an, um Manuskripte zu verbessern oder die Vielfalt zu erhöhen. Autoren vereinbaren direkt mit den Literatur-Partnern die Konditionen ihrer Zusammenarbeit und partizipieren gemeinsam am Erfolg des Buches.

Das gesamte Verlagsprogramm von tredition ist bei allen stationären Buchhandlungen und Online-Buchhändlern wie z. B. Amazon erhältlich. e-Books stehen bei den führenden Online-Portalen (z. B. iBookstore von Apple oder Kindle von Amazon) zum Verkauf.

Einfach leicht ein Buch veröffentlichen: **www.tredition.de**

Eigene Buchreihe oder eigenen Verlag gründen

Seit 2009 bietet tredition sein Verlagskonzept auch als sogenanntes "White-Label" an. Das bedeutet, dass andere Unternehmen, Institutionen und Personen risikofrei und unkompliziert selbst zum Herausgeber von Büchern und Buchreihen unter eigener Marke werden können. tredition übernimmt dabei das komplette Herstellungs- und Distributionsrisiko.

Zahlreiche Zeitschriften-, Zeitungs- und Buchverlage, Universitäten, Forschungseinrichtungen u.v.m. nutzen diese Dienstleistung von tredition, um unter eigener Marke ohne Risiko Bücher zu verlegen.

Alle Informationen im Internet: **www.tredition.de/fuer-verlage**

tredition wurde mit mehreren Innovationspreisen ausgezeichnet, u. a. mit dem Webfuture Award und dem Innovationspreis der Buch Digitale.

tredition ist Mitglied im Börsenverein des Deutschen Buchhandels.

Dieses Werk elektronisch lesen

Dieses Werk ist Teil der Gutenberg-DE Edition DVD. Diese enthält das komplette Archiv des Projekt Gutenberg-DE. Die DVD ist im Internet erhältlich auf **http://gutenbergshop.abc.de**

Zeitfracht Medien GmbH
Ferdinand-Jühlke-Straße 7
99095 Erfurt, Deutschland
produktsicherheit@kolibri360.de